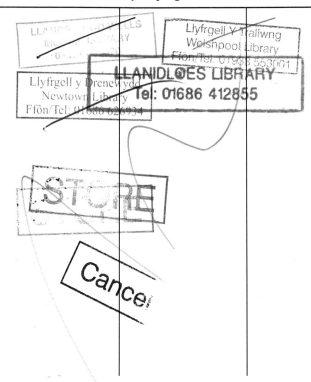

TWM MIALL

Lluniau: Iwan Bala

y**L**olfa

I Mel Goch ap Meirion

Argraffiad cyntaf: 1988
Ail argraffiad: 1993
Trydydd argraffiad (Cyfres Clasuron Y Lolfa): 2012

Lluniau: Iwan Bala

Dymuna'r cyhoeddwyr gydnabod cymorth ariannol
Cyngor Llyfrau Cymru.

Rhif Llyfr Rhyngwladol: 978-1-84771-626-2

Cyhoeddwyd ac argraffwyd yng Nghymru
ar bapur o goedwigoedd cynaladwy
gan Y Lolfa Cyf., Talybont, Ceredigion SY24 5HE
e-bost ylolfa@ylolfa.com
gwefan www.ylolfa.com
ffôn 01970 832 304
ffacs 832 782

Rhagair i'r trydydd argraffiad

Ychydig iawn o ddiwylliant cyfoes trwy gyfrwng y Gymraeg oedd yn bodoli pan oeddwn i a fy ffrindia yn tarfu ar heddwch pentra Trawsfynydd yn yr 1980au, a llai fyth o hwnnw'n bachu ein dychymyg ni fel criw yn ein harddegau. Mi sefydlwyd S4C yn 1982 ond fyddai'r sianel ddim yn chwarae rhan sefydlog yn ein bywydau hyd y deuai athrylith *C'mon Midffîld!* i oleuo ein sgriniau tua diwedd y degawd. Mi oedd 'na ganu pop Cymraeg hefyd, wrth gwrs, a gwasanaeth radio i wrando arno. Ond heblaw am ambell drip ar fws i Bafiliwn Corwen am sesh dan oed (a ffeit, fel arfar), wnaeth cerddoriaeth Gymraeg (ac eithrio Jarman a'r Trwynau Coch, oedd ychydig o flaen ein hamser ni) ddim cydio'n iawn ynddon ni tan i'r Anhrefn ffrwydro ar y sîn, o gwmpas 1982, ac esgor ar sîn danddaearol â'r math o fiwsig oeddan ni'n wrando arno ar y pryd yn Saesneg.

Diwylliant traddodiadol yn unig oedd prif ffrwd diwylliant Cymraeg y Traws yn yr 80au. Y 'pethe' Cymraeg – eisteddfodau, capal, seiat, cyngherddau, noson lawen – digwyddiadau pwysig i'r gymuned a gwerthfawr i ddiwylliant Cymru, ond pethau diflas a hen ffasiwn, sefydliadol a pharchus, nad oedd gan ein criw ni unrhyw fath o ddiddordeb ynddyn nhw. Doeddan nhw'n sicr ddim yn berthnasol i'n bywyda nac i'n hunaniaeth ni. Cymry Cymraeg oeddan ni, ond Eingl-Americanaidd-Jamaicaidd oedd ein 'pethe' – roc a rôl, pync, reggae, two-tone, ska, indie, metal, blŵs, yn ogystal â dylanwadau'r criw oedd hanner cenhedlaeth yn hŷn na ni, o Hendrix a mwg drwg i Floyd a madarch hud. Doedd dim o'r diwylliant traddodiadol yn cynnig pethau mor gyffrous a pherthnasol trwy gyfrwng y Gymraeg.

Perthyn i'r categori traddodiadol hwn, hefyd, oedd llenyddiaeth Gymraeg ar y pryd. Er fy mod i'n bwyta nofelau pan o'n i'n blentyn, arafu'n sylweddol wnaeth hynny erbyn fy arddegau, ac ar ôl gadael yr ysgol yn 1984 wnes i ddim darllen llyfr Cymraeg am bron i wyth mlynadd. Yr unig nofel Gymraeg fu'n rhan o fy mywyd yn y cyfnod hwnnw oedd yr un oedd yn mudferwi yn fy mêr, yn ysu am weld golau dydd. Ond doedd fawr o siawns o hynny, meddwn i wrth fy hun. Fyddai'r math o nofel oedd gen i yn fy mhen byth yn cael ei chyhoeddi yn y Gymraeg...

Mi oedd fy rhagdybiaeth (ddigon anwybodus, ar y cyfan) am geidwadaeth ein diwylliant traddodiadol ac anallu llenyddiaeth i symud efo'r oes yn seiliedig i raddau helaeth ar yr hyn a gofiwn o be ddarllenis i yn yr ysgol. Mae'n bosib fod yna nofelau mwy perthnasol allan yna, ond chawson ni mohonyn nhw fel rhan o'r cwricwlwm cenedlaethol – a oedd, yn ôl yr hyn oedd pob disgybl yn ei gymryd yn ganiataol, yn cynrychioli trawsdoriad o lenyddiaeth Gymraeg ac yn adlewyrchu ystod lawn y diwylliant Cymraeg.

Mae rhywun yn dalld erbyn heddiw fod rhai o'r nofelau gawson ni fel rhan o'n haddysg yn glasuron oedd, ac sydd, yn llawn haeddu eu lle yn y dosbarth, a bod gwerth y cerrig milltir hyn ar daith llenyddiaeth Gymraeg yn amlwg, yn enwedig o ran moderneiddio a phoblogeiddio'r nofel Gymraeg. Yn y 1940au mi symudodd T Rowland Hughes y nofel Gymraeg o'r tyddyn i'r chwarel a'r pwll glo, ynghyd â chyflwyno'r rheg gyntaf i'n llenyddiaeth. Yn y 50au mi drodd Islwyn Ffowc Elis y nofel Gymraeg yn gyfrwng teilwng i ymdrin â themâu athronyddol a gwleidyddol cyfoes a rhyngwladol. Ac yna, un nos ola leuad yn nechrau'r 1960au, trwy gyfrwng tafodiaith naturiol, mi wthiodd Caradog Prichard lenyddiaeth Gymraeg i stafelloedd tywyll problemau meddyliol a hang-yps cymdeithasol modern, gan dorri sawl tabŵ yn y broses. Ond doedd gwerth amhrisiadwy'r cerrig milltir llenyddol hyn yn cyfri dim i ni fel *teenagers* yr 80au. Os nad oedd o'n berthnasol i ni, roedd o'n ddiflas. Wedi'r cwbl, roedd ein rhegfeydd ni dipyn ehangach na "Cadw dy blydi chips!"

Mi oedd hi bron â bod yn 1990 cyn i garreg filltir cyn bwysiced, gwbl berthnasol i'w hoes – ac i *teenagers* y 70au a'r 80au – ymddangos ar silffoedd ein siopau llyfrau Cymraeg. *Cyw Haul* oedd y garreg filltir honno. Ac mi gymerodd hi dros dair blynadd i mi ddod o hyd iddi – neu, i fod yn fanwl gywir, i'r nofel ddod o hyd i mi...

Ym mis Ionawr 1992, mi gefais fy hun ar remand yng ngharchar Walton yn Lerpwl, ar gyhuddiad gwleidyddol y'm profwyd yn ddieuog ohono 14 mis yn ddiweddarach. Efo'r holl amser oedd gen i ar fy nwylo doedd dim amdani ond darllen, a diolch i garedigrwydd sawl unigolyn ac aml i gyhoeddwr a siop lyfrau Cymraeg, doedd gen i ddim prindar o ddeunydd.

Nid *Cyw Haul* – a'r sîcwel *Cyw Dôl* – oedd yr unig chwa o awyr iach ymysg y deunydd hwnnw, ond *Cyw Haul* oedd yr unig nofel a drawsnewidiodd fy syniad o lenyddiaeth Gymraeg am byth. Mi ddarllenis i hi mewn diwrnod, gan fwyta pob gair yn awchus a chwerthin yn uchel dros y gell wrth ddilyn helyntion Bleddyn a Banjo a Milc Shêc a'r lleill – a trio dyfalu ar bwy ym mhentra Traws oedd y cymeriadau hynny wedi'u seilio!

Ond yn bwysicach na'r ffaith imi fwynhau nofel Gymraeg am y tro cyntaf ers cyn cof, dyma, o'r diwedd, nofel Gymraeg y medrwn uniaethu â hi. Nofel oedd yn adlewyrchu fy niwylliant a fy hunaniaeth i a fy ffrindia 'nôl yn Traws a Stiniog. Nofel wedi ei sgwennu yn ein tafodiaith ni, yn sôn am ein diddordebau a'n harferion ni, ein bywydau, dyheadau ac agweddau, ein hiwmor, ein miwsig, a'n tueddiad i wrthryfela yn erbyn culni a pharchusrwydd – a rhagrith, yn aml – y genhedlaeth hŷn. Mi chwalodd *Cyw Haul* y nenfwd gwydr a dymchwel ffiniau, gan dorri tabŵs ieithyddol, cymdeithasol a diwylliannol fel rhegi, rhyw, hiwmor afieithus, tynnu blew o drwyn rhai o fuchod sanctaidd y dosbarth canol a smocio dôp – ac arferion eraill oedd yn wrthun i'r genhedlaeth hŷn ond yn dderbyniol a digon diniwed i ni'r to iau. O'r diwedd, dyma nofel real, eofn, heriol a thafod-yn-y-boch. Nofel berthnasol, yn adlewyrchu ein 'pethe' ni, yn rhoi llais i'n Cymreictod cyfoes ni – a hunaniaeth Bleddyn, Banjo a Milc – fel un dilys ac yr un mor deilwng â Chymreictod dilynwyr y 'pethe' traddodiadol. O'r diwedd roedd gennym nofel roc a rôl.

Diolch i *Cyw Haul* mi ddenwyd cenhedlaeth newydd o ddarllenwyr at lenyddiaeth Gymraeg. Ac o'u plith, yn ddi-os, daeth awduron newydd hefyd. Mi alla i gyfri fy hun ymysg y rheiny. Achos, o'r diwedd, mi welis ei bod hi *yn* bosib cyhoeddi'r math o nofel oedd gen i yn mudferwi y tu mewn imi yn y Gymraeg. Tydi hi ddim yn ormod i ddweud mai cyhoeddi *Cyw Haul*, ynghyd ag anogaeth ei hawdur mewn llythyrau ataf i'r carchar, a'm hysgogodd i fynd ati i sgwennu. Nid ysbrydoliaeth yn unig oedd *Cyw Haul*, felly, ond symbyliad uniongyrchol. Fyddwn i, mwya thebyg, heb ddechrau sgwennu yn y Gymraeg o gwbl oni bai am *Cyw Haul*. Ac yn llawer mwy arwyddocaol na fy mhrofiad personol i, mae'r hyn a gyflawnodd *Cyw Haul* yn ei gwneud yr un mor werthfawr â phob un o'r gweithiau mawr a ystyrir fel clasuron y Gymraeg. Mae *Cyw Haul* yn llawn haeddu ei lle fel un o nofelau Cymraeg pwysicaf yr 20fed ganrif.

Dewi Prysor

Tachwedd 2012

Yn nhrofeydd y ffordd
y mae ei phrydferthwch.

Blacmel

Roedd hi'n wanwyn, ac roedden ni'n rhannu dau gan o lagyr ar lan yr afon—Banjo, Milc Shêc, Buwch a finna. Doedd Sei ddim yno, ond roedd ei ysbryd o'n hofran o gwmpas y lle, ac roedden ni i gyd yn meddwl amdano fo yn ddistaw bach. Roedd pawb wedi cael llond bol, doedd yna unlle i fynd, na dim byd i'w wneud heblaw eistedd yn y fan honno a chwyno neu dynnu ar ein gilydd; roedd y byd ar stop, doedd dim gorffennol na dyfodol, dim ond prynhawn diflas arall. Roedd angen rhywbeth i godi'r hwyliau, oherwydd roedden ni i gyd, petaen ni'n onest ac yn cyfaddef hynny, yn contympletio siwiseid. Roedd y gwanwyn yn cynnig rhywbeth i'r ffarmwrs, ac i lot o bobol eraill, ond doedd o ddim yn cynnig affliw o ddim i ni, dim ond blwyddyn arall o ymdrechu i fynd drwy'r un hen rigmarôl. Yn sydyn reit, mi gofiais i am Louisa Jane, ac am yr hyn roeddwn i wedi ei weld drwy ei chyrtans hi un noson ryw ychydig o wythnosau cyn hynny. Mi gynigiais i ein bod ni yn ei blacmelio hi, er mwyn i ni gael pres cwrw, ac mi basiwyd hynny yn unfrydol. Mi ddaru ni benderfynu y byddai Banjo a Milc Shêc yn mynd i'w thŷ hi ac yn dimandio ffiffdi cwid neu adael y gath allan o'r cwd. Ond yn gyntaf, roedd yn rhaid i mi egluro'r cyfan iddyn nhw, a dweud y stori i gyd.

Roeddwn i'n cerdded rownd y cefna yn hwyr un noson ar ôl cael ffrae efo'r hen ddyn a'r hen ddynas. Roedd yn rhaid i mi gael mymryn o awyr iach oherwydd roeddwn i'n teimlo'n reit ddigalon, a fedrwn i ddim aros yn y tŷ. Cega roeddan nhw am nad oeddwn i'n chwilio am waith, ac am fy mod i, yn eu barn nhw, yn rêl diogyn. Doedd hynny ddim yn hollol wir oherwydd roeddwn i'n ffeind iawn wrth Nain Tyrpag, roeddwn i'n gwneud lot o jobsys cachu o gwmpas y tŷ hefyd, ac yn paratoi'r bwyd erbyn yr amser pan oedd yr hen bobol yn dŵad adre o'u gwaith bob nos. Ond doeddan nhw ddim yn fodlon i mi fod yn howsgipar iddyn nhw, roeddan nhw eisiau i mi ffeindio job, a'i chadw hi wedyn— roeddwn i wedi colli tair er pan oeddwn i wedi 'madael â'r ysgol yn bymtheg oed. Mi ddywedais i wrthyn nhw y buaswn i'n mynd i ffwrdd i fyw, ond doedd genna i ddim pres, a wnaen nhw ddim rhoi benthyg dim i mi i fynd i unlle arall oni bai fod genna i job i fynd iddi hi yn y fan honno. Roedd genna i ryw awydd dengid i ffwrdd, wrth i mi grwydro rownd y cefna y noson honno. Roeddwn i'n teimlo felly'n aml, awydd dengid i ffwrdd heb ddweud gair wrth neb, a pheidio dŵad yn ôl byth wedyn. Mor braf fasa cael meddwl am yr hen bobol yn poeni amdana i, a jest â thorri eu boliau eisiau gwybod lle'r oeddwn i, ac yn difaru na fasan nhw wedi gadael llonydd i mi yn hytrach na chega arna i bob munud. Roeddwn i wedi pasio tŷ Magi Huw, ac wedi gweld golau ei sigarét hi. Mae Magi'n smocio fel stemar yn y tywyllwch, am nad ydi hi eisiau i neb wybod ei bod hi wrthi rhag ofn i bobol feddwl ei bod hi'n gomon.

Pan gyrhaeddais i dŷ Louisa, mi sylwais i fod yna fymryn o'r cyrtans yn agored. Mi bwysais ar y wal gefn er mwyn i mi gael gwell cyfle i fusnesa, a be welais i, reit o flaen fy llygaid, ond Louisa'n gorwedd ar ei hyd ar y carpad, a Rusel Humphries yn gorwedd ar ei chefn hi. Roedd o ar ei chefn hi go iawn hefyd oherwydd roedd ei din o allan 'run fath â lleuad llawn. Mi gefais i dipyn o sioc, ac mi ddechreuodd fy nghalon i fynd ffwl-pelt hefyd, ond roedd o'n arafu bob yn hyn a hyn cyn ailgychwyn arni hi yn top-gêr wedyn. Methu â deall roeddwn i pam ar y ddaear roedd pobol yn eu hoed a'u hamser nhw yn gwneud y ffashiwn beth. Doeddwn i ddim yn synnu at Rusel, oherwydd un felna ydi o, ac y mae yna ryw hen strîc fudur yn eu deulu o. Humphrie Hwrgi maen nhw'n ei alw fo, ac mae ei ddau frawd o'n union 'run fath â fo. Hwrgi Mawr oedd nic-nêm yr hen Lewis Humphries, eu tad nhw, a doedd yna'r un ddynas yn sâff yn ei ymyl o, meddan nhw. Roedd o'n arfer dŵad adre o'i waith, ac yn dimandio ei fod o'n cael tamad gan ei wraig y funud y byddai o wedi rhoi ei draed dros y trothwy. Mi aeth y gryduras i'w ofni o gymaint nes iddi hi ddechrau gadael ei fwyd o yn y popty, a mynd i dŷ rhywun arall tua'r amser pan oedd o i fod i gyrraedd adre, ac aros yno drwy'r min nos hyd nes yr oedd o wedi llwyr ddiffygio ac wedi mynd i'w wely. Doedd o prin yn ei gweld hi, meddan nhw, er, dwn i ddim be roeddan nhw'n ei wneud ar ddiwrnod Dolig. Roedd Rusel yn mynd fel fflamia, ac wedyn mi golapshiodd o fel clwt llestri mawr am ben Louisa, cyn mynd ati i godi ei drywsus. Mi benderfynais i ei heglu hi oddi yno, oherwydd roedd genna i ofn i rywun fy nal i'n sbecian, ac roeddwn i'n gwybod fod Ned Charle Bach wedi gorfod mynd i'r cwrt am ei fod o'n pîping-tom. Toeddwn i'n gwybod hefyd mai drwy'r drws cefn y byddai'r hen gono yn gwneud ei *exit?*

Mi gefais i ryw olwg ryfedd ar Louisa y noson honno, ond ddywedais i mo hynny wrth yr hogia. Doedd hi ddim yr un ddynas rywsut ag yr oeddwn i wedi arfer ei gweld yn eistedd yn ei chadair wrth gownter y Cop, ac yn lladd ar bawb a phob peth, efo'r hen ferchaid 'na sy'n gweithio yno—maen nhw â'u cyllyll yng nghefn rhywun rownd y rîl, a dyna pam y mae'n gas genna i fynd yno oherwydd dwi'n gwybod eu bod nhw'n dweud petha amdana' i y tu ôl i nghefn i. Doeddwn i ddim yn medru deall be oedd wedi dŵad drosti hi a hithau mor hunan-gyfiawn, ac yn gymaint o un am hel sgandal, yn ogystal â'r ffaith ei bod hi'n wraig weddw, ac yn mynd i'r capal bob dydd Sul. Roedd yr hogia'n meddwl fod y blacmel yn syniad grêt, oherwydd roeddan nhw'n casáu Louisa am ei bod hi'n hen godsan straellyd, ac am ei bod hi'n cega arnon ni ac yn dweud wrthon ni am fynd i wneud rhywbeth i rywle yn hytrach na chicio ein sodla ar hyd y llan drwy'r dydd. Roedden ni wedi cael cyfle i dalu'n ôl iddi hi, ac i gau ei hen geg fawr hi unwaith ac am byth, roedden ni hefyd yn mynd i gael ffiffdi cwid yn y fargen. Mi basiwyd mai nos Sadwrn fyddai'r noson orau i Banjo a Milc Shêc i fynd i'w thŷ hi i ddimandio'r pres, ond mi aeth pethau o chwith, ac ar Sei a finna roedd y bai am hynny.

Ar y nos Wener, mi ddaeth Sei adre am y wîc-end. Sei ydi'r boi gorau yn y gang, oherwydd ei fod o'n gwybod lot o bethau, ac am ei fod o'n ddiawl o gwffiwr da. Gweithio ar ffarm y mae Sei ond fasach chi byth yn medru dweud mai ffarmwr ydi o wrth sbio arno fo oherwydd dydi o ddim yn edrych nac yn byhafio fel ffarmwr. Mae yna lot o ffarmwrs sy'n rêl penna bach, ac maen nhw fel plant sydd ar drip Ysgol Sul pan y maen nhw'n mynd allan am beint ar nos Sadwrn. Mae Yncl Dic yn dweud mai'r rheswm am hynny ydi oherwydd nad ydyn nhw erioed wedi cael cyflog go-iawn yn eu bywydau—dim ond pres i fynd i'r ffair ac i fynd am beint ar nos Sadwrn a ballu. Canlyniad peth felly ydi eu bod nhw'n blentynnaidd am nad ydyn nhw erioed wedi gorfod sefyll ar eu traed eu hunain yn unlle. Dydi Sei ddim felna, a dydi o ddim yn gwisgo jaced a chap sy'n matshio chwaith, nac yn mynd i'r sêl i falu cachu a wastio amser drwy'r dydd yn hytrach na gwneud tipyn o waith adre ar y ffarm. Roedd gan Sei ddigon o bres oherwydd roedd o newydd gael ei gyflog, ac mi ddaru ni benderfynu mynd i'r Chwain am beint. Golden Fleece ydi enw iawn y lle, ond Fleece roedd pawb yn ddweud hyd nes i'r tîtshyr bach newydd ddaeth i'r Ysgol Gynradd—sy'n meddwl ei fod o'n clefyr-dic—ddechrau galw'r lle yn Cnu. Doedd hynny ddim yn plesio'r hogiau o gwbl, a rhyw noson, efo deg peint yn ei stumog, mi aeth Milc Shêc ar ben y bwrdd, a bedyddio'r lle yn Chwain, ac mae'r enw'n dechrau cydio ymhlith yr yfwrs a rhai o bobol y capal sydd byth yn tywyllu drws y lle o un pen blwyddyn i'r llall. Doedden ni ddim yn gwybod pa ffordd yr oedd y gwynt yn chwythu yn y Chwain, oherwydd roedden ni wedi cael ffrae efo Crosbi y Landlord ar y nos Sadwrn cynt, ar gownt rhyw hen foi a oedd wedi dŵad yno i ganu. Mi ofynnodd Sei iddo fo ganu cân Gymraeg, ond mi wrthododd y mwlsyn, a fynta'n Gymro glân gloyw. Mi gynigiodd Sei glec iddo fo wedyn, ac mi gynigiodd Crosbi ein bario ni'n dau. Doedd yna neb yno pan aethon ni i mewn, ac mi syrfiodd Crosbi ni heb ddweud pwmp o'i ben. Fentrodd yna'r un ohonon ni ofyn iddo fo

am beint yn Gymraeg, rhag ofn iddo fo wneud ei nŷt
a'n hel ni allan. Mi aeth y ddau ohonon ni i'r gornel,
a dechrau malu cachu am ferchaid, cwffio, records,
llyfrau a'r crac yn gyffredinol. *Cream* oedd ein hoff
grŵp ni, a Jack Kerouak oedd ein hoff awdur ni.
Doedden ni ddim yn darllen llyfrau Cymraeg yn
aml iawn oherwydd fod y rhan fwyaf ohonyn nhw'n
boring heblaw am *Un Nos Ola Leuad*, gan foi o'r
enw Caradog Prichard. Mae Yncl Dic yn gwybod lot
am y Caradog Prichard 'ma, ac mae o'n dweud na
chafodd o fawr o barch gan y Cymry oherwydd eu
bod nhw'n rhy dwp ac yn methu deall ei waith o.
Beth bynnag, pwy ddaeth i mewn i'r bar, yn goc i
gyd, ond Joci Bach. Hen uffarn bach piwis ydi Joci,
ac mae Mam yn dweud fod lot o bobol fyr, yn
enwedig dynion, yn bethau piwis oherwydd eu bod
nhw'n dioddef o inffirioriti-complecs, am fod eu
tina nhw'n rhy agos at y llawr. Mae Joci'n galw ei
hun yn fildar, ond cowboi ydi o go iawn—ddysgodd
y diawl erioed 'run grefft. Mae o'n prynu tai yn rhad
ar ôl i bobol farw, ac yn ailwampio tipyn arnyn nhw
cyn eu gwerthu nhw am grocbris fel tai haf i
Saeson. Mae ganddo fo garafan-seit hefyd, sydd
'run fath â nocin-shop, medda'r hen ddyn, ac yn
llawn o hŵrs o Byrmingham, sy'n mynd ac yn dŵad
drwy'r haf. Roedd Joci'n stwffio ei grys i mewn i'w
drywsus o dan ei fol cwrw, ac yn sgwario wrth ger-
dded i mewn. Mi edrychodd o arnon ni fel tasan
ni'n ddau rowlyn o gachu, cyn cymryd ei le ar y stôl
uchel wrth y bar.

'Gwd ifnin, Mysdyr Crosbi, haw ar iw?'

'I'm fine, thank you, Mr Jones. And yourself?'

'O, not tw bad iw nô, consudering, yndê.'

'Come, come, now Mr Jones, you must be raking
in a small fortune for yourself.'

'Tacs man têcs it ôl, Mysdyr Crosbi bach, hi'd têc

ddy blydi lot iff ddy bygyr had hâff e tshans.'

Mi gymerodd Joci lymaid o'i beint, ac edrych draw at Sei a finna:

'Ai sî ddy Welsh Nash ar owt yrli twneit, Mysdyr Crosbi,' medda fo'n sbeitlyd. 'Thyrsdi job, iw nô, tecing seins down ôl dê. Blydi lwnatics, ddat crowd, fandaleising propyrti, and its pipyl leic iw and mi hw haf tw syffyr at ddy end of ddy dê— peiing ffor ddy things ddei'f smashd yp. Ai dont nô wat ddy wyrld is cyming tw, wir Dduw—sending ddem off tw colij and ddei sbend mosd of ddeir teim in blydi jêl. Ai bet ddy bygars uffarn ar planing tw blô symthing yp ddus feri munut, iw nô.'

'Basdad bach,' medda Sei o dan ei wynt.

'As long as they behave themselves while they're here, I dont mind,' medda Crosbi, tra'n ffidlan efo'r optics. Chwarae teg i'r hen Grosbi. Mae yna lot o Saeson sy'n well pethau na'r Cymry. Mae Yncl Dic yn dweud fod y Cymry'n ddi-asgwrn-cefn ac yn paranoid oherwydd ein bod ni'n genedl o gaeth-weision, ac mae'n debyg ei fod o'n iawn hefyd. Wn i ddim be ddiawl sy'n bod ar bobol fel Joci Bach. Os gwnewch chi ddefnyddio geiriau Cymraeg am bob dim, a mynd i Steddfod am wythnos bob blwyddyn, yna mi rydach chi'n Welsh Nash, ac yn egsdrimisd. Dwi'n methu deall pobol o gwbl, yn enwedig y rhai sy'n aelodau o ryw bartïon Cerdd Dant a ballu. Maen nhw'n mynd i Steddfoda a chonsarts, ac yn canu barddoniaeth orau'r wlad 'ma, ond eto, maen nhw yn erbyn popeth Cymraeg, ac yn fotio Lebyr bob tro y mae hi'n lecshiwn.

'Mi leinia i hwnna, cyn wiriad â phader,' medda Sei.

'Calla dawo,' medda fi. 'Mi ceith o hi ryw ddiwrnod, nes y bydd o'n mestyn.'

Mi ddaeth Dei Domino a Huwsyn i mewn wedyn,

ac mi gaeodd Joci ei geg yn o sownd oherwydd maen nhw'n licio pethau Cymraeg, ac mae'n gas ganddyn nhw Joci Bach. Yn fuan wedi iddyn nhw gyrraedd, mi ddaeth Banjo, Buwch a Milc Shêc i mewn. Roeddan nhw wrth eu bodd am fod Sei wedi dŵad adre, ac mi gawson ni ddiawl o noson dda. Roedd Dei a Huwsyn yn adrodd englynion budr ac roedd Milc Shêc yn trio canu emynau, ond doedd o ddim yn gwybod hanner y geiriau. Roedden ni wedi cael cratshad go lew erbyn stop-tap, ac mi benderfynodd Banjo, Buwch a Milc, fynd i luchio cerrig at ddrws garej polîs-steshon, er mwyn codi gwrychyn Robats Plismon. Doedd gan Sei a finna ddim awydd gwneud hynny oherwydd roedd hi'n job beryg, ac mi aethon ni'n dau adre y ffordd arall. Doedd gan Sei ddim awydd mynd adre ar ei union, roedd o awydd sgwrs fach, ac felly mi ddaru ni grwydro rownd y cefna am sbelan, a rhoi'r byd yn ei le. Doedden ni ddim yn cerdded i unman arbennig, ond pan ddaru ni gyrraedd gweithdy Joci Bach, dyma'r ddau ohonon ni'n stopio'n stond, a sbio ar y lle ac ar yr arwydd mawr, efo DAVID JONES, BUILDING CONTRACTOR, LAND AND PROPERTY VALUER, HOLIDAY COTTAGES AND LUXURY CARAVANS TO LET wedi ei sgwennu mewn llythrennau bras arno fo. Heb ddweud 'run gair wrth ein gilydd, dyma ni'n gafael mewn bricsan bob un, a'u lluchio nhw drwy'r ffenast nes roedd hi'n shitrws. Cyn i ni gael cyfle i gymryd y goes, mi glywson ni lais o'r tu ôl i ni'n gweiddi:

'Hei, be dach chi'ch dau yn neud yn fanna?'

Pwy oedd yn sefyll yno efo'i hambarél yn ei llaw, ond Louisa Jane. Mae'n rhaid fod y godsan wedi bod yn hel tai yn rhywle yn hwyr yn y nos. Mi ddechreuodd y ddau ohonon ni redeg ffwl-sbîd, a Louisa yn gweiddi ar ein hola ni:

'Dowch yn ych hola i fan hyn, dwi'n gwbod pwy ydach chi'n iawn, a mi'ch riportia i chi i'r polîs.'

Mi waeddais inna'n ôl:

'Ia, a cofiwch riportio ni i Rusel Humphries yfyd.'

Roeddwn i'n cachu brics y bore wedyn, ac yn disgwyl clywed y copars yn cnocio'r drws unrhyw funud. Os ydach chi eisiau codi helynt, yna mae'n well i chi wneud hynny yn bell i ffwrdd yn rhywle, ond roedd y trwbwl yma reit wrth fy nrws ffrynt i, roeddwn i wedi gwneud diawl o beth gwirion. Roeddwn i'n poeni wrth feddwl tybed be fuasai'r hen bobol, ac Yncl Dic, a Nain yn ei ddweud ar ôl iddyn nhw ffeindio allan am y busnas, ac roeddwn i jest â chwdu wrth feddwl am y pennawd yn y papur newydd—*Farm hand and unemployed youth cause serious damage to local businessman's property....* Mi fethais i â bwyta dim y bore hwnnw, ac roedd yr hen ddyn yn cega arna i am fy mod i'n yfed gormod o gwrw; ychydig a wyddai o mai fy nerfau i ac nid y cwrw oedd yn effeithio ar fy stumog. Ond ddaeth y copars ddim, a fuon nhw ddim yn chwilio am Sei chwaith. Roedd yn rhaid i mi fynd i weld Milc Shêc er mwyn dweud wrtho fo fod y blacmel wedi ei ganslo. Roeddwn i'n cerdded i lawr y llan efo fy mhen yn fy mhlu, oherwydd roeddwn i'n meddwl fod pob un enaid byw wedi clywed am yr helynt, ac yn amau mai fi oedd y troseddwr. Wedi i mi basio'r Chwain, pwy oedd yn cerdded i'm cyfeiriad i ond Louisa Jane. Roedd hi'n gwenu'n braf arna i yn union fel tasa hi wedi bod mewn cariad efo fi ers blynyddoedd, ac mi ddywedodd hi 'Bore da' yn glên iawn. Mi ddeallais i'r dalldings yn syth—roedd hi'n stêlmêt rhwng y ddau ohonon ni, doedd Louisa ddim yn wirion o bell ffordd. Does ryfedd fod yna gymaint o ynsolfd-creims o gwmpas y lle; er bod pobol yng ngyddfau ei gilydd ar gownt rhywbeth yn aml, mae'r diawliaid yn sticio efo'i gilydd hefyd, 'run fath â chacwn ar bot jam.

Mam Milc Shêc ddaru ateb y drws, ac roedd miwsig y testcard yn bloeddio'n aflafar allan o'r tŷ.

''Di Milc Shêc 'di codi?'

'Faint o weithia ma isho deud wrthach chdi? Dwn i ddim pam ddiawl nesh i foddro mynd â fo i' capal i gal'i fedyddio, na wn wir Dduw, 'sa waeth swn i 'di mynd i lan y môr ddim—odd hi'n ddiawl o ddwrnod braf, os dwi'n cofio'n iawn. OSWALD! Ma'r Bleddyn 'ma wrth y drws.'

Dipyn o storman ydi mam Milc, ond mae hi'n hen ddynas iawn ac mi wnaiff hi damad o swpar i chi mewn dau gachiad. Arni hi, a neb arall, yr oedd y bai am fod pawb yn ei alw fo'n Milc Shêc, oherwydd ei bod hi wastad yn cynnig llymaid o filc-shêc iddo fo pan oedd o'n hogyn bach. Dim y stwff go iawn oedd o, ond rhyw gymysgiad uffernol o lefrith a bananas wedi troi'n ddrwg. Mi ddaeth yr hogyn i lawr y staer yn ei drôns, ac roedd o'n sâl ddiawledig, medda fo:

'Mae o off' medda fi.

'Pwy sy off?'

'Dim pwy. . . y. . . 'di drws gegin 'na 'di cau?'

'Yndi, ffeiar awê.'

'Y blydi blacmel, mae o off.'

'Iesu, pam?'

'Sei a finna ddaru luchio dwy fricsan drwy ffenast gweithdy Joci Bach nithiwr.'

Mi ddechreuodd o chwerthin dros bob man, ac medda fo:

'Arglwydd, cês 'di Sei yndê? I be oeddach chi isho gneud hynny?'

'Joci Bach oedd yn cega yn y Chwain, ac yn lladd ar betha Cymraeg cyn i chi ddŵad i mewn nithiwr.'

'Wel syrfio'r bastad bach yn iawn 'ta. . . ha ha ha. . . ha ha ha ha ha ha ha. . . '

'Callia'r cwdyn gwirion, a peidiwch â mynd ar gyfyl tŷ Louisa heno, ti'n dallt?'

'Iawn, o.k. 'ta.'

'Wela i chi fory, dwi'm yn mynd allan yto hiddiw, dwi'n cachu brics.'

'Duw, paid â phoeni,' medda Milc, 'mi gafodd Robats Plismon hi yfyd, mi fethodd Banjo'r drws achos 'i fod o'n rhy chwil, ac mi hitiodd o'r car, ma 'na ddigon o dolc ynddo fo i ddal cacan blât. . . ha ha. . . ha ha ha ha ha ha.'' Mi sobrodd o wedyn ac medda fo o dan ei wynt, 'Beth am drio armd robyri yn y posd wsnos nesa 'ta?'

Dydi Milc ddim yn gall, mae hynny'n ffaith.

Mi ddaru ni gyfarfod wrth yr afon ar y prynhawn dydd Sul, er mwyn rhoi pethau yn eu pyrsbectif. Roedd pawb yn dipresd ar wahân i Sei, roedd hi'n iawn arno fo oherwydd roedd o'n mynd yn ei ôl i'r ffarm lle'r oedd o'n gweithio'r noson honno. Roeddwn i'n dal i boeni am fusnas y ffenast, ac roedd Banjo a Buwch yn poeni am gar Robats Plismon. Mi galliodd Milc Shêc ryw ychydig hefyd pan ddywedodd Banjo wrtho fo ei fod o'n partnyr-in-creim ac yn acsesori. Roedd gan bawb awydd peint, ond roedd y pybs i gyd ar gau, doedd yna unlle i fynd a dim byd i'w wneud. Roedd hi'n dlawd ar y diawl arnon ni, roedd y byd mawr yn bell i ffwrdd yn rhywle arall. Doedd yna ddim smic o sŵn, dim ond cân yr afon ac ambell i dderyn. Yn sydyn reit, mi dynnodd Buwch ei drywsus a mynd ati i wneud dam yn yr afon. Mi ddaru pawb ymuno efo fo wedyn, ac mi fuon ni wrthi'n slafio am oriau. Petai yna unrhyw un wedi dŵad heibio, mae'n siŵr y basan nhw'n meddwl ein bod ni'n hollol boncyrs wrth weld pump o hogia mawr yn gwneud dam yn yr afon ar brynhawn dydd Sul. Mae'n siŵr fod y peth yn rhyw fath o therapi i ni, roedden ni'n chwysu chwarta wrth frwydro yn erbyn y dŵr, ac er na ddaru ni ddim llwyddo i'w stopio, mi ddaru ni arafu mymryn ar y lli, ac roedden ni'n teimlo dipyn yn well wedyn. Ar y ffordd adre, mi ddywedodd Banjo fod ganddo fo awydd mynd i dŷ Louisa, a gofyn iddi hi a oedd arni hi eisiau prynu tipyn o goed tân. Un garw am ei din ydi Banjo.

Yncl Dic

Doeddwn i ddim yn gwybod fod Yncl Dic yn perthyn i mi pan ddaru o fy achub i o'r afon. Wna i ddim anghofio'r diwrnod hwnnw tra bydd yna dwll yn fy nhin i. Roeddwn i tua naw oed ar y pryd, ac roedd yna griw ohonon ni yn sgota efo ffyn. Rywsut neu'i gilydd, mi ddisgynnais i i mewn i'r dŵr dros fy mhen, ac roeddwn i'n gwybod 'mod i'n boddi. Wedi i mi ddŵad i fyny o'r gwaelod, ac wrth i mi fynd i lawr am yr eildro, mi welais i ddyn yn neidio o'r dorlan, ac i mewn i'r afon, a'r peth nesa wyddwn i, roeddwn i'n sâff ar dir sych unwaith eto. Mae'n rhaid fod y plant eraill wedi panicio, ac wedi methu fy helpu i, ond dwi'n cofio iddyn nhw ddweud wedyn fod y dyn wedi dŵad o'r llwyni, ac roeddan nhw'n meddwl ei fod o wedi bod yn cuddio yno am sbelan cyn i mi ddisgyn i mewn i'r afon. Mi gariodd y dyn fi adre ar ei gefn ond chafodd o ddim croeso yn tŷ ni. Roedd yr hen ddyn yn flin efo fo ac mi ddywedodd o wrtha i am gadw'n glir oddi wrtho fo, ond ddaru o ddim dweud pam. Bob tro yr oeddwn i'n gweld y dyn ar y llan ar ôl y diwrnod hwnnw, roedd o wastad yn rhoi da-da i mi ac roedd o'n glên iawn bob amser. Mi ofynnais i i'r hen ddynas pwy oedd y dyn, ac mi ddywedodd hi ei fod o'n perthyn i'r hen ddyn, ond eu bod nhw wedi ffraeo ers blynyddoedd; mi ddywedodd hi hefyd y basa'n well i mi beidio gwneud dim byd efo fo rhag i mi ypsetio'r hen ddyn. Yn fuan wedi hynny, roeddwn i'n digwydd bod yn cerdded i fyny'r cefna efo fo, pan ddaeth yr hen ddynas i'n cyfarfod ni. Dwi'n ei chofio hi'n dweud wtho fo:

'Mi fasa'n well i ti adal llonydd i'r hogyn, Dic.'

A fynta'n dweud, 'Fedra i ddim.'

Mi ddywedais i wrth yr hen ddynas ei fod o'n ddyn ffeind, a 'mod i'n hoff iawn ohono fo. Doeddwn i ddim yn deall pam na fedrwn i fod yn ffrindia efo fo, a fynta'n perthyn i mi. Mi ddywedodd hi wrtha i am ei alw fo'n Yncl Dic, ond mi ddaru hi fy warnio i i beidio â sôn amdano fo yng ngŵydd yr hen ddyn.

Wn i ddim llawer o hanes Yncl Dic, ond mi wn i ei fod o wedi bod mewn rhyw helynt ers talwm, a'i fod o wedi gorfod mynd i ffwrdd i'r môr oherwydd hynny, 'run fath â lot o ddynion eraill—i'r môr yr oedd pawb yn mynd ar ôl bod mewn trwbwl. Fel yr oeddwn i'n tyfu'n hŷn, roeddwn i'n gweld Yncl Dic yn fwy aml, ac mi ddechreuais alw yn ei dŷ o am sgwrs fach bob yn hyn a hyn. Roedd o'n dŵad acw am baned yn y bore hefyd pan oedd yr hen bobol yn y gwaith. Mae Yncl Dic yn fy nhrin i fel person yn hytrach nag fel plentyn, a dyna pam fy mod i'n hoff iawn ohono fo. Mae Yncl Dic yn wahanol iawn i bawb arall, ac mae'n debyg mai'r disgrifiad gorau ohono fo fasa 'hipi go iawn', oherwydd mae o'n tyfu lot o lysiau a ballu yn yr ardd, dydi o ddim yn gweithio—ar wahân i wneud ambell i joban fach er mwyn cael ychydig o bres cwrw—a dydi'r hyn y mae pobol eraill yn ei feddwl ohono fo'n poeni dim arno fo. Pan fydda i'n gofyn i Yncl Dic pam nad ydi o a'r hen ddyn yn ffrindiau, mae o'n dweud:

'Rhyw hen helynt ers talwm, wsdi, peth mawr ydi

pan ma dy deulu di dy hun yn cachu am dy ben di.'

Dwi'n cofio gofyn iddo fo ryw dro pam ei fod o'n byw yn wahanol i bawb arall, ac mi ddywedodd o:

'Lle uffernol oedd y môr, wsdi, ia, uffernol yfyd. Mi ddaru nhw drio fy nhorri i, ond methu ddaru nhw, ma isho rwbath mwy na dynion i fy nhorri i, oes, myn cebyst i.'

Mae yna ogla pyb yn nhŷ Yncl Dic drwy'r amser oherwydd ei fod o'n gwneud lot o hôm-briw a gwin cartra. Bob tro dwi'n mynd yno, mae o'n cynnig llymaid o'r stwff i mi, ac yn dweud:

'Cym lymad bach dros y galon, er mwyn i chdi gal clirio'r gwe pry-cop o dy frêns.'

Pan mae o'n tywallt y cwrw, mae o'n dweud:

'Allwedd calon, cwrw da.'

Doeddwn i ddim yn deall be oedd hynny'n ei olygu, ond doedd genna i ddim digon o gỳts i ofyn iddo fo esbonio'r peth i mi, rhag ofn iddo fo feddwl fy mod i'n yn dipyn o ben sglefr, a doeddwn i ddim eisiau ei siomi o, a fynta'n meddwl cymaint ohona i. Wedi cael rhyw ddau neu dri, un noson, mi benderfynais i ofyn iddo fo'n blwmp ac yn blaen be oedd ganddo fo o dan sylw:

'Gwrandwch, Yncl Dic,' medda fi, 'peidiwch â meddwl 'mod i'n llo cors na dim byd felly, ond be'n union dach chi'n feddwl pan ydach chi'n deud "allwedd calon, cwrw da"?'

'Gwranda,'ngwash i. . .'

Mi daniodd Yncl Dic sigarét, ac mi dynnodd o'i din i fyny reit at ymyl ei gadair. Mae o'n gwneud hynny bob tro pan mae o eisiau dweud rhywbeth pwysig, ac mi fydda inna yn eistedd yn ôl yn fy nghadair bryd hynny, a gwneud fy hun yn gyfforddus oherwydd dwi'n gwybod ei fod o'n mynd i fod wrthi'n hir—biti ar y naw na fedra rhywun wneud hynny yn y capal.

'Ma'r iaith Gymraeg,' medda Yncl Dic yn awdurdodol, 'yn un o'r ieithoedd—os nad yr iaith—gyfoethoca ar wynab daear, ac mi ddyliwn i wybod hynny oherwydd dwi wedi bod ym mhob twll a chornal, ac wedi syrclo'r hen fyd 'ma ddwsina o weithia, weldi. Ma'r hen Gymry'n curo pawb ar greu geiria a dywediada a diarhebion. Dihareb ydi honna sy gen ti o dan sylw, weldi, a'i hystyr hi ydi fod pobol yn fwy tebygol o ddeud y gwir ac o egluro eu teimlada pan fyddan nhw wedi cael rhyw ddiferyn neu ddau i lawr eu corn gyddfa. Ti'n dalld 'y mhoint i? Ma yfad cwrw yn medru bod yn be mae nhw'n ei alw yn y proffeshiwn yn seicotherapi, achos ma 'na lawar o bobol, yn enwedig y petha sych-dduwiol 'ma sgen ti o gwmpas y lle, yn ei chael hi'n anodd i ddeud un dim wrth neb, achos dydyn nhw ddim yn medru rilacshio, weldi, a chanlyniad peth felly ydi eu bod nhw'n sdorio eu teimlada a'u hofna, 'run fath â ma Iddaw yn hel pres, ond unwaith ma'r coffra'n llawn, fedran nhw ddim dal dim mwy, a maen nhw'n ffrwydro 'run fath â bom ac yn landio yn y mental, neu'n lladd eu hunain, neu'n rhedag i ffwr efo merchaid ifanc. Na, ma tropyn bach o gwrw yn medru bod yn beth llesol iawn, wsdi, mae o'n dy helpu di i siarad, i gachu, ac i gysgu. Be geith rhywun yn well na hynny, dŵad?'

Mi gofiais i nad oedd yr hen ddyn yn twtshiad dropyn, ac erbyn meddwl, roeddwn i wedi sylwi arno fo yn llygadrythu ar Ann Huws, Tan Lan. Dydi honno ddim llawer hŷn na fi, ac mae hi'n uffarn o beth handi, efo llygaid mawr 'run fath â dyrnau dresal. Mae hi'n gwisgo mini-sgyrt rownd y rîl, ac mae ganddi hi goesau at ei thin. Pan mae hi'n gwisgo jîns, maen nhw mor dynn am ei thin hi, nes gwneud i rywun daeru ei bod hi wedi cael ei thywallt i mewn iddyn nhw. Beth petai'r hen ddyn yn rhedag i ffwrdd efo honno, ac yn gadael Mam druan ar ei phen ei hun? Mi ddechreuais i feddwl am goesa Ann Huws, ac mi anghofiais i am Yncl Dic hyd nes iddo fo ofyn am fy ngwydr i a'i ail-lenwi o:

'. . . Na, tropyn bach rŵan ac yn y man ydi'r sicret, wsdi,' medda Yncl Dic. Roedd ganddo fo wên lydan ar draws ei wyneb wrth iddo fo danio sigarét arall, ac eistedd yn ôl yn ei gadair. 'Bod yn gymhedrol, hwnna ydio, wsdi.' Run fath ag y dudodd yr hen Owain Lleyn, mewn englyn ers dalwm, mi roethon nhw'r englyn ar wal y Penrhyn Arms, Sarn Mellteyrn —yna i chdi enw tlws ydi hwnna rŵan yndê— Sarn Mellteyrn, mae 'na fiwsig ynddo fo, yn does, mae o'r un fath â pnawn o haf. Falla fod yr englyn yno hiddiw oni bai fod 'na un o Blant Alis wedi ei dynnu o i lawr. Fel hyn mae o'n mynd, weldi:

Os cwrw cryf a yfi,—iach ydyw,
    A chadarn i'th lonni;
    Pair hoywder i'th dymer di,
    Gwêl ei fudd,—gwylia feddwi.

Neu, cofia feddwi, fel bydda'r hen hogia 'ma'n ddeud ers dalwm, yndê.'

Mi ddechreuodd Yncl Dic rolian chwerthin dros y lle. Mae'n debyg ei fod o wedi dechrau ei dal hi, neu efallai mai dim ond ei fwynhau ei hun a mynd i'w hwyliau yr oedd o. Felly y mae o'n aml tuag at ddiwedd y noson—rhyw chwerthin mawr a rwdlan. Dydi o byth i'w weld yn poeni am ddim, mae o'n uffarn o gymeriad ac yn actor da hefyd. Mi ddaeth o acw un bore efo'i wynt yn ei ddwrn, ac medda fo:

'Paid â mynd yn agos at 'run blydi chwaral, beth

bynnag nei di.'

'Arglwydd, pam?' medda fi.

'Achos mi ddaru nhw ffeindio sgelityn yn Foty ddoe. Shoni Winiwns oedd o, ac roeddan nhw'n medru deud hynny'n syth bin yfyd.'

'Sud oeddan nhw'n medru deud?'

'Achos fod genno fo nionyn yn sownd yn dwll 'i din, weldi.'

Roedd o'n chwerthin dros bobman, ac mi roddodd o binshad i mi yn fy nghoes.

Mi ddechreuodd Yncl Dic ddarllen llyfrau pan oedd o ar y môr. Mae ganddo fo gannoedd ohonyn nhw yn y tŷ a lot o luniau a darnau o bren wedi eu naddu a ballu. Doedd yna ddim byd i'w wneud ar y môr heblaw yfed a chwarae cardiau, medda Yncl Dic, ac mae o'n dweud fod llongwrs yn bethau chwil uffernol. Mi fuo bron iddo fo fynd yn alci ei hun, ond mi ddaru'r llyfrau ei safio fo. Dechrau drwy ddarllen rhyw ychydig o nofelau ddaru o, ond roedd o eisiau gwybod mwy o hanes y bobol oedd wedi sgwennu y rheiny wedyn—beiograffis mae o'n eu galw nhw, ac mi aeth y peth yn chwilan arno fo yn y diwedd, ac roedd o'n methu stopio eu prynu nhw. Mi ddechreuodd o hel pob math o lyfra prin a Pershian Maniwsgripts a ballu. Mi ddyliai pawb ddarllen, yn ôl Yncl Dic, a ddyliai neb orfod talu am lyfr. Dyletswydd y Llywodraeth ydi eu rhoi nhw i bobol am ddim, medda fo, oherwydd mae'r profiad yn gwneud byd o les i frêns rhywun ac yn ehangu gorwelion dyn. Mae o wedi rhoi lot o nofelau Cymraeg i mi i'w darllen, ond dwi ddim yn cael blas arnyn nhw o gwbl. Maen nhw un ai'n sôn am ryw deulu bach sy'n byw ar ochr y mynydd—y plant yn hanner llwgu, y tad yn marw oherwydd llwch ac yn lladd ei hun am chwe-chein yn y chwarel, a'r fam yn ddewr ac yn hambygio ei hun wrth blannu swêj yn y cae pan mae ganddi hi funud i'w sbario yng nghanol yr holl jobsys. Yn aml iawn hefyd, maen nhw'n sôn am ryw hen ddynas gysetlyd sy'n rhoi lliain bwrdd glân ar y bwrdd, ac yn gwneud te iddi hi ei hun a'r gath, oherwydd ei bod hi'n dipresd am nad ydi ei ffrind gorau hi—rhyw hen ddynas arall—wedi galw i'w gweld oherwydd ei bod hi wedi mynd i siopa i'r dre efo rhyw ddynas ddiarth ddaeth i fyw i'r pentra. Mae hi'n rhoi y llestri tsheina a gafodd hi pan briododd hi ar y bwrdd, ac yn dechrau crio wrth feddwl am ei gŵr, wedyn mae hi'n sgoffio sandwij-sbynj a brechdanau wedi eu torri'n denau 'run fath â papur-sychu-tin, efo menyn cartra ych-a-fi, wedi ei sbredio'n dew drostyn nhw. Pan mae hi ar fin gorffen ei the, mae perchennog y tŷ yn galw yno i gwyno am nad ydi hi wedi talu'r rhent ers wythnosau. Does ganddi hi ddim pres oherwydd ei bod hi wedi colli arni hi ei hun ryw bnawn, ac wedi prynu ffyr-côt newydd sbon, am fod gan yr hen ddynas ddiarth 'na un. Mae'r boi yn bygwth ei hel hi o'r tŷ os na fydd hi'n talu'n reit sydyn, ond mae hi'n dweud nad aiff hi oddi yno tan y diwrnod pan fydd hi'n mynd at ei gŵr i'r nefoedd. Mae yna lot o lyfrau Cymraeg sy'n sôn am gariadon mewn ffordd uffern-nol o fabïaidd hefyd—gwraig y gweinidog yn dal ei merch yn sbwnio yn y band-of-hôp efo un o blant y jipshiwns. Mae hi'n poeni'n uffernol fod y boi yn mynd i roi clec i'r ferch, dydi hi ddim eisiau i honno orfod priodi, a mynd i hel sgrap am weddill ei dydd-iau, ond dydi hi ddim eisiau jipo bach yn rhedeg o gwmpas ei thraed hi yn tŷ capel chwaith. Mae'n rhaid fod yna le ofnadwy yn yr hen wlad fach yma. Mae Yncl Dic yn dweud fy mod i wedi mwydro fy mhen efo llyfrau Saesneg ac American, ac mae o'n dweud y bydda i'n gweld gwerth y nofel Gymraeg ryw ddiwrnod, pan fydda i wedi dŵad at fy nghoed—siawns y bydd yna rywbeth go-lew wedi cael ei sgwennu erbyn hynny.

Mae Yncl Dic yn ddyn diwylliedig iawn, ond eto, wnaiff o ddim cefnogi dim byd sydd a wnelo fo â diwylliant. Dwi'n gwybod ei fod o'n erbyn y capal yn uffernol, ond aiff o ddim i 'run ddarlith, na drama, nac ysgol nos na dim byd felly. Does ganddo fo ddim awydd cystadlu yn erbyn y ceffylau blaen, medda fo. Mae o'n lladd ar y ceffylau blaen yn aml, wnaiff o ddim eu henwi nhw, ond dwi'n meddwl mai Williams manijur y Cop, a Jenkins y Banc a'r rheina sydd ganddo fo o dan sylw. Dydi o ddim yn gwneud rhyw lawer efo neb chwaith, ac eithro Dei Domino a Huwsyn. Maen nhw eu dau yn resident, mwy neu lai, yn y Chwain. Pethau digon tebyg i Yncl Dic ydi Dei a Huwsyn, ond efallai nad ydyn nhw cweit mor glefar â fo. Yn y bore, yn y gwanwyn a'r haf, a rhwng stop tap yn y prynhawn ac amser agor yn y nos, maen nhw'n cerdded ar hyd y caeau efo rhaw, ac yn tyllu i chwilio am hen boteli a photia pridd a ballu. Maen nhw'n trio eu gwerthu nhw am grocbris yn y Chwain i'r Saeson sydd o gwmpas y lle fel cynhron adeg yr holides. Mae'n werth eu clywed nhw'n trio fflogio'r hen 'nialwch 'ma, chlywsoch chi'r rytshiwn falu cachu yn eich mŷff erioed. Mae'r ddau ohonyn nhw'n eistedd yn y bar, ac yn aros am eu cyfle i wagio pocedi rhyw greadur diniwed, wedyn mi glywch chi rywbeth tebyg i hyn:

'Gwd ifnin, syr.'

'Good evening.'

'Neis dê, twdê.'

'Yes, smashing. Locals are you?'

'Yes, feri local, bun hiyr ôl owr leifs, hafynt

wi, Huwsyn?'

'Ies, ôl owyr leifs.'

'You're very fortunate, living in such beautiful countryside.'

'O ies, feri prowd of ddat, can't bît it, iw nô. Duw, wai don't iw bring e tshêr ofyr, and haf e sit down. Mec iorselff at hôm, init.'

'Gosh, thank you, thank you kindly.'

Y Sais yn mynd â chadair draw, Dei Domino yn pwyso dros y bwrdd:

'Duw, dŵ iw nô wat, dder was e ffelo in hiyr ddi yddyr dê, wreityr hi was, bun ôl ofyr ddy wyrld, iw nô, byt hi sed ddat ddy fiw ddat ffesus iw wen ior cyming ofyr ddy tops dder, was ddy besd hi'd efyr sîn on ddy ffês of ddi yrth, and ddats e gosbel ffor iw.'

'Good God, is that so. What was his name?'

'Didynt asg his nêm, didynt leic tw bi tŵ fforwyrd wudd him, did wi, Huwsyn?'

'O no, byt hi was a feri neis man, feri ceind, yndê. Bôt ys e drinc, didynt hi Dic?'

'O ies, feri riffeind, e jentylman, iw nô, not wan of ior ffish-and-tships brigêd, byt e ffyni old cojyr tŵ, sed hi'd leic tw lyrn Welsh, byt egsendricd iw nô, leic ôl ddis reityrs, yndê, but neis man ôl ddy sêm. Hi was feri intyresded in ys tŵ—mi and him leic, wans hi ffownd owt ddat wi niw so mytsh abowt local hisdori, tradishons and cyltshyr.'

'Ies,' medda Huwsyn, 'and feri intyresded in wat wi'f got down hiyr,' gan bwyntio rhwng ei goesa a'r Sais yn sbio'n hurt arno fo, 'y. . . no. . . y. . . wat I mîn is. . . y . . wat wi'f got in ddy bocs down hiyr, yndyr ddy tebl. . .'

'Oh, and what have you got there, exactly?'

'Pîsus ffrom ddy pasd,' medda Dei, 'ddy relics of iestyrde, ffein egsampyls of owyr fforffaddyrs iwtensuls. Wd iw leic tw haf e lwc at ddem?'

'I'd love to, yes—that is, of course, if you don't mind?'

'Iesu, no, of côrs not, wi don't meind at ôl, dw wi, Huwsyn?'

'No, not at ôl, Duw no, not at ôl.'

'Paid ag ail-ddeud dy hun bob munud, bendith Dduw i ti, Huwsyn, neu mi fydd hwn yn meddwl bo chdi'n sumented. Dwi'm isho colli cwsmar da, cofia bo arna chdi ffeifar i mi, nei di?'

Huwsyn yn codi'r bocs, ac yn rhoi'r poteli a'r geriach ar y bwrdd, a'r rheiny'n sgleinio i gyd. Dei Domino yn rhoi un botel bridd o'r neilltu ar ochr y bwrdd.

'Wat dŵ iw thinc of ddôs dden, e?

'Yes, very interesting. What period?'

'O. . . y. . . feri long ago. . . y. . . sym ffrom Celtic piriyd,' medda Dei.

'Ies, and yddyrs ffrom Tywysogion piriyd,' medda Huwsyn.

'What about that one there?' medda'r Sais, gan bwyntio at y botel a roddwyd o'r neilltu.

'No, not ffor sêl ddat, not ofyr mai ded bodi, no no, feri rêr ddat pîs, and in iwmaciwlet condishon. Huwsyn and mi ffownd ddat wan iyrs ago on an old batylffild yp on ddy tops dder. Iff iw translêt it, ddy plês is cold Ddy Glen of Ddy Batyl. Owain Glyndŵr had e big ffeit dder, ai, his lasd sdand, sym sê, heddwch i lwch yr hen gradur, biti ar y diawl na fasa fo yma hiddiw.'

'Is that so?'

'Ffacd ffor iw. Byt wat dw iw thinc ut is?'

'Looks like some kind of drinking vessel.'

'Iwf hit ddy nêl reit on its hed. Ddat thing dder was lasd iwsd byi wan of Glyndŵr's men. Hi probabli had his lasd joch of. . . of. . . o, Iesu gwyn o'r

madda, be uffarn 'di medd yn Susnag, Huwsyn?'
'Mîd.'

'Ies, mîd. Hi probabli had his lasd drinc of mîd ffrom ddat feri botyl ddat's reit in ffrynt of iwar eis now, biffôr hi had his hed tshopd off byi e ffycin Jac Sais. . . y . . . byi an Inglish soldiyr. Meind iw, ai don't blem ddi Inglish, Iesu no, Glyndŵr slotyrd thowsands of ddem, ai, abowt e hyndryd e dê, at wan teim, ddei recon. Feri blyd-thyrsdi man, Glyndŵr, iw nô ai. Feri hisdoricli untyresding ddat pîs, Welsh Nashnyl Miwsîym want it, iw nô, byt ddei won't pê môr ddan ten cwud ffor it, teit-ffisded bynsh, ddy Welsh, iw nô, teit as e goldffishus âs. . . ,'

'Ies,' medda Huwsyn, 'ddei'd sgin e ffârt wudd e bit of ffresh êr.'

'Wyrth mytsh môr ddan ten cwud, ddat, byt not for sêl, feri sori.'

'What if I offered you twelve-fifty for it?'

Golwg lwyd ar Huwsyn.

'No no, nefyr drîm of seling ddat, wudd ôl diw risbecd, wydn't leic tw sî it lifing Wêls. Sentimental faliw, iw nô, feri ypseting.'

Huwsyn yn clirio 'i wddw dair gwaith tra'n ordro peint, ac yn sychu ei wyneb efo 'i hanes boced.

'How about fourteen?'

Huwsyn bron â chael ffatan.

'Wel o.k. dden, iff iw'f rili set iwar hart on it, ffortin cwud, tw peint, and tw dybyl wisgi—ffor lyc.'

'Done.'

Huwsyn yn gwenu fel giât.

'Iechyd da,' meddai'r ddau.

'Well, very intersting talking to you men, I'll be off now, all the best and God bless.'

'Twll dy din di, Pharo,' medda Dei.

'A hwnnw'n gagla i gyd,' medda Huwsyn.
'Yes, yes, night night,' medda Jac Sais.

Weithiau, mae Yncl Dic, Dei a Huwsyn, yn mynd efo'i gilydd i'r mynyddoedd i chwilio am gytiau Gwyddelod a rhyw hen gerrig a ballu. Ar ôl cyrraedd adre, mae'r tri ohonyn nhw'n eistedd rownd y bwrdd yn nhŷ Yncl Dic, ac yn ysgrifennu hanes y diwrnod mewn llyfr sgwennu mawr. Maen nhw'n stydio'r Ordnans Syrfei ac yn ricordio Map Rîdings a ballu bob tro maen nhw'n darganfod rhywbeth newydd. Yncl Dic sy'n sgwennu, ac mae Dei a Huwsyn yn amenio pob peth mae o'n ei ddweud. Weithiau, os byddan nhw wedi galw mewn pyb ar y ffordd adre, mi ddechreuith Dei a Huwsyn gontradictio ei gilydd, ac mae hi'n mynd yn daerans ar gownt lleoliad rhyw gwt, wal, neu garreg. Un yn dweud ei fod o chwarter milltir o'r fan a'r llall yn dweud ei fod o o leiaf hanner milltir. Mi aiff hi'n ffrae wedyn, ac mi bwdith un, a thyngu nad aiff o byth efo nhw wedyn, ond mae Yncl Dic yn un reit dda am gadw'r ddesgil yn wastad ac mae o'n dweud wrthyn nhw y bydd enwau'r tri ohonyn nhw ar wal y British Miwsiym rhyw ddiwrnod. Dro arall, mi aiff y tri ohonyn nhw i ffwrdd efo'i gilydd ar y trên, neu'r bỳs, am y diwrnod. Mi ân nhw rownd y pybs i slotian ac mi bician nhw i mewn i siop lyfrau ail-law, a sbrogio yn y fan honno am ryw awr neu ddwy. Os byddan nhw wedi prynu llyfrau, maen nhw'n eu darllen nhw yn y Chwain fin nos. Mae Dei Domino yn cario *Cerddi William Oerddwr* yn ei boced i bobman, a phan mae o wedi ei dal hi, mae o'n darllen y penillion yn union fel tasa fo ar lwyfan y Steddfod Genedlaethol. Mae o a Huwsyn wedi cael eu bario o lot o bybs am wneud rhyw stynts felly, a mynd ar ben y byrddau i adrodd a phregethu, ac ypsetio'r cwsmeriaid. Ond chwarae teg i'r hen Grosbi, mae hwnnw'n eu diodda nhw'n reit dda, rhoi rhyw air bach yn eu clustia nhw y bydd o, pan maen nhw'n dechrau mynd dros ben llestri. Mae o'n gweld y golau coch, ac yn defnyddio ei ben yn hytrach na'u tynnu nhw i'w ben. Landlords Cymraeg ydi'r rhai gwaetha am fario pobol, yn ôl Huwsyn, a tîtshyrs a phobol barchus ydi'r rhai cyntaf i gwyno pan fydd rhywun yn cael tipyn o hwyl mewn pyb. Mi gefais i gip ar lyfr William Oerddwr yn y Chwain ryw dro, ac roeddwn i'n meddwl fod y cerddi'n rhai doniol iawn ac yn llawer haws eu deall na'r pethau roeddwn i'n gorfod eu dysgu pan oeddwn i yn yr ysgol. 'Beddgelert' ydi fy ffefryn i, a hon mae Dei yn ei hadrodd drwy'r amser hefyd:

> Bûm innau ar y bryn yn edrych draw
>   Ar fynwent brudd Beddgelert yn y pant,
> A rhywun yno gyda'i gaib a'i raw
>   Yn agor bedd i gladdu mwy o'r plant.
> A gwelais hefyd lawer angladd du
>   Yn dod o'r nentydd yno yn eu tro,
> A chlywais ganu lleddf wylofus lu
>   Ar lan y bedd a phen y domen ro.
> Mae cannoedd yno'n dawel a di-glwy'
>   A chyn bo hir fe ddywed rhyw hen ffrind
> 'Mod innau hefyd yno gyda hwy;
>   A thorf o Saeson cegrwth yn ddi-ri
> Yn pasio heibio i weld Bedd y Ci.

Mae'r tri ohonyn nhw wrth eu bodd efo Bob Owen, Croesor, a Charneddog. Mae Huwsyn yn dweud nad aiff neb i unlle yng Nghymru, os na fydd ganddo fo gynffon y tu ôl i'w enw. Gwlad felly ydi hi, medda fo, ac yn llawn o bobol sydd un ai'n gwybod y blydi lot, neu sydd ddim yn gwybod uffarn o ddim. Mae o'n falch fod Bob Owen wedi cael M.A. cyn iddo fo farw oherwydd ei fod o'n werinwr, ac yn haeddu'r anrhydedd, ond y mae Yncl Dic yn diawlio am fod Bob Owen wedi mynd i Lundain i siarad efo'r Cwîn Myddyr. Mae'r Bob Owen 'ma'n swnio'n dipyn o gês—rhywun go debyg i Yncl Dic, mae'n siŵr. Mi rydw i wrth fy modd yn gwrando ar Yncl Dic, Dei a Huwsyn, yn mynd trwy eu pethau. Maen nhw wastad yn ddiddorol; maen nhw'n adnabod pob modfedd o'u hardal, ac y mae'r hanes i gyd ganddyn nhw ar flaenau eu bysedd. Mi fasa'n gwneud byd o les i bob plentyn ysgol eu clywed nhw'n traethu am awr neu ddwy, ond fasa'r ysgolion byth yn caniatáu hynny am nad ydyn nhw wedi bod yn y coleg, ac am nad ydyn nhw'n ddigon parchus. Dwi'm yn meddwl y basa ganddyn nhw ddiddordeb mewn gwneud y ffashiwn beth chwaith, oherwydd y cyfan y maen nhw'n ei wneud ydi byw yn syml yn eu ffordd nhw eu hunain, heb ddim trimings—dyna'r cyfan.

Un prynhawn dydd Sul, roeddwn i'n cerdded heibio tŷ Yncl Dic, pan welais i ddynas smart mewn Fford Anglia bach del yn parcio o flaen y tŷ. Mi gnociodd hi'r drws, ac mi aeth hi i mewn yn wên o glust i glust efo potelaid o rywbeth yn ei llaw. Mi es i rownd i'r cefna er mwyn cael sbecian, ac mi welais i Yncl Dic yn cau cyrtans y llofft gefn. Mi bwdais i ar fy union, ac roeddwn i'n teimlo'n dipresd wrth gerdded am adre. Roeddwn i eisiau sôn am y peth wrth rywun, ac roedd genna i awydd gofyn i Mam pwy oedd y ddynas ddiarth, ond mi feddyliais i byddai'n well i mi beidio. Doeddwn i erioed wedi dychmygu fod Yncl Dic yn poetshio efo merchaid. Roeddwn i'n gwybod ei fod o'n ffrindiau mawr efo Dei a Huwsyn, ond roeddwn i wastad yn meddwl mai fi, a neb arall, oedd ei ffrind gorau o, ac mai efo fi yr oedd o'n rhannu pob peth. Ond wedi i mi ystyried y peth am ryw ychydig, mi roddais i sêl fy mendith ar y prosîdings—wedi'r cyfan, chwarae teg i'r hen Yncl Dic, doedd yna ddim byd o'i le yn y ffaith ei fod o'n cael mymryn o fflyff ar brynhawn dydd Sul braf, ac roedd hi'n iawn i'r dyn a safiodd fy mywyd i fwynhau pob mymryn ohono fo hefyd.

PENNOD 3

Yn Nhŷ Huws y Gweinidog

Roeddwn i ar fin mynd allan, un noson, pan waeddodd yr hen ddynas o'r gegin fach:

'Lle wt ti'n feddwl wt ti'n mynd?'

'Allan.'

'Allan i lle?'

'Jesd allan.'

'Wt ti ddim wedi anghofio rhywbath?'

Oeddwn, roeddwn i'n cofio'n iawn, ond roeddwn i jesd yn ei thrio hi, gan obeithio ei bod hi wedi anghofio.

'Gwna'n siŵr dy fod ti yn nhŷ Mr Irfon Hughes, gweinidog, erbyn hannar awr wedi saith.'

Dyna mae'r hen ddynas yn ddweud—Mr Irfon Hughes, gweinidog. Mae hi'n rhoi ei deitl llawn iddo fo bob amser, ac mae hi'n ynganu'r 'Hughes' run fath ag y mae Sais yn ynganu 'Hughes'. Damia, damia ddiawl, damia'r diwrnod y cefais i fy ngeni. Roeddwn i'n gwybod fod yna rywbeth ar y cardiau ers wythnosau, oherwydd roedd yr hen bobol wedi bod yn fy mhen i bob nos. Roedd hi'n hen bryd i mi ddechrau cymryd diddordeb mewn pethau meddan nhw, neu fasa 'na ddim byd yn dŵad ohona i. Roeddwn i wedi dweud wrthyn nhw gannoedd o weithiau fy mod i'n cymryd diddordeb, a 'mod i'n darllen lot o lyfrau, ond doedd hynny yn da i ddim gan yr hen bobol. Roedd yn rhaid i mi gael fy ngweld yn cymryd diddordeb mewn pethau, er mwyn iddyn nhw gael dangos i'r byd a'r betws eu bod nhw wedi medru magu rhywbeth rheitiach na sbâr wanc. Felly mi blaniodd yr hen ddynas efo Huws y gweinidog fy mod i'n cymryd rhan mewn cystadleuaeth yng nghapal Nasareth. Doedd waeth i'r hen ddynas heb â thrio dweud wrtha i mai Huws oedd wedi erfyn arni hi i drio fy mherswadio i i gymryd rhan. Na, planio'n ddichellgar ddaru hi, siŵr Dduw. Fasa Huws erioed wedi breuddwydio gofyn i mi wneud y ffashiwn beth. Ddaru o erioed ofyn i Banjo, na Buwch, na'r un o'r hogia i wneud dim byd chwaith, oherwydd ein bod ni'n yfed, ac oherwydd ein bod ni i gyd, yn ein tro, wedi bod mewn trwbwl. Dwi wedi cael copsan ddwy waith. Unwaith am biso drwy letyr-bocs Morys Cynghorydd, a thro arall am glymu weiran deliffon rownd gwddw landlord pyb yn Llandudno, a hannar ei dagu o, oherwydd ei fod o wedi ein galw ni'n shîp-shagyrs, a gwrthod ein syrfio ni am ein bod ni'n siarad Cymraeg. Mi fuo bron i ni gael jêl am y job honno, ond mi fuon ni'n lwcus, a chael dwy flynedd o brobeshon.

Yr hyn oedd yn codi fy ngwrychyn i oedd na fedrwn i, yn hawdd iawn wrthod mynd i weld Huws, oherwydd roedd y peth wedi cael ei drefnu eisoes mewn closd-cwortyrs, y tu ôl i 'nghefn i, cyn i mi gael tshans i wneud dim am y peth. Fedrwn i ddim ffeindio'r un esgus chwaith, oherwydd mai cystadleuaeth darllen llyfr ac ateb cwestiynau oedd y perfformans yn Nasareth, a chan fy mod i'n canmol fy hun fel darllenwr, be wnawn i? Roeddan nhw wedi fy nal i'n fy man gwan, a hynny gerfydd fy ngheilliau, fel petai. Petawn i'n mynd allan i rywle arall, a pheidio â mynd i weld Huws, mi fasa hi'n uffarn ar y ddaear yn y tŷ acw Sul, gŵyl a gwaith—fasa'n einioes i ddim gwerth ei threulio.

'Dwi'n mynd,' medda fi.

'Ia, dos a paid ag ymdroi yn unlla, sgen ti fawr o amsar i'w sbario, a tria fod yn sho-wiling, bendith Dduw i ti.'

'O cau dy geg.'

'Be ddudist di?'

'Fydda i'n ôl cyn deg.'

Mi wnes i ddi-twr ar fy ffordd, mi es i'r ardd gefn i gael ffag a chyfle i feddwl os oedd yna unrhyw ffordd arall i ddŵad allan ohoni. Wedi cysidro am sbelan, mi drawais i ar syniad go lew. Beth petawn i'n rhoi clustan go hegar i 'mhen efo mwrthwl? Mi fasa genna i lwmp ar fy nhalcian wedyn, ac efallai y buaswn i'n semi-concysd, go brin y basan nhw'n fy ngorfodi i i fynd yno a finna yn y ffashiwn stad. Mi es i mewn i'r shed, a gafael yn y mwrthwl, ond fedrwn i yn fy myw fagu digon o blwc. Beth petawn i'n cael slap rhy galed? Falla y buaswn i'n mynd i goma, neu'n syffro pyrmanent-brên-damej, na, roedd hi'n well gorfod bod yn gontestant nag yn gabej. Mi afaelais i yn y lli wedyn, a chodi coes fy nhrywsus, mi fasa dipyn o waed yn gwneud y tric, ond damia, beth petawn i'n torri fy mên-artri, a gwaedu i farwolaeth cyn cyrraedd y tŷ? Na, doedd yna ddim amdani ond ei chychwyn hi. Ond roedd yna un cysur yn fy awr dywyllaf, efallai y buaswn i'n cael cyfle i stydio coesa Mrs Huws—gwraig Huws, mae ganddi hi ddiawl o bâr, ac mae edrych ar y rheini'n llawer gwell na sbio ar luniau merchaid yn y catalog.

Pan gyrhaeddais i stepan drws tŷ capal, roeddwn i'n gweddïo fod Huws wedi cael strôc, neu ei fod o yng nghyfarfod yr Henaduriaeth, neu ei fod o wedi cymysgu ei ddyddiadau, ac wedi anghofio ei bod hi'n noson seiat. Ond, ysywaeth, wedi i mi gnocio fy nghnoc, mi welwn i gysgod y llynghyryn main, tal, yn ei gwneud hi am y drws.

'O chdi sy 'na,' medda Huws, gan sbio i lawr ei drwyn arna i. 'Well i chdi ddŵad i mewn.'

Mae pobol dal, wastad yn gwneud i mi deimlo'n anghysurus. Dwi'n breuddwydio'n aml fy mod i'n cael ffeit efo boi tal, dydi fy nyrnau i byth yn medru cyrraedd ei wyneb o, ond mae o'n llwyddo i fy llorio i bob tro, dim ond wrth anadlu'n drwm arna i. Ia, medda fi wrtha fi'n hun, pwy wyt ti'n ddisgwyl, cŵd, Paul o Darsus efo'r bil llefrith? Dda gen i mo Huws. Roedd yr hen Jones, a oedd yno o'i flaen o yn hen foi go-lew, ac roedd 'na ddigon o hwyl i'w gael efo hwnnw. Roedd o'n medru gweld jôc pan oedd honno'n dŵad o bell, ac yn medru ei chymryd hi'n iawn pan oedd hi'n cyrraedd. Gwahanol iawn i Huws, mae hwnnw cyn syched ag enyrjen-rôl, ac mae ei wên o cyn brinned â haearn Sbaen. Mae Huws yn meddwl ei fod o'n well na phawb. Bob tro mae o'n dŵad acw i siarad efo'r hen ddyn ar gownt rhywbeth neu'i gilydd, mae o'n rhoi pwyslais mawr ar yr hyn sydd ganddo fo i'w ddweud, ond dydi o'n gwrando dim ar yr hen ddyn. Pan mae'r hen ddyn yn siarad, mae Huws yn edrych o'i gwmpas yn union fel tasa fo'n chwilio am rywbeth amgenach i hoelio ei sylw arno fo—mae pobol felna'n haeddu cael eu dinoethi a'u chwipio'n gyhoeddus efo dalan poethion.

Roedd y tŷ yn drewi o ogla cabej a saim. Dydi o'n rhyfedd fel y mae gan bob tŷ ei ogla unigryw? Ogla ffagots yn nhŷ'r bwtshiar, ogla cwrw yn nhŷ Yncl Dic, ogla sent yn nhŷ Anti Dil, ogla polish mewn ambell i dŷ lle mae'r wraig wedi priodi dystyr—mi gewch chi rai felly, ma Gwen Jones, Noddfa, yn llnau'r pan bob tro ar ôl i Gwilym gael cachiad.

'Tyrd drwodd i'r gell,' medda Huws.

Dyna i chi air hurt ydi hwnna, os clywsoch chi air hurt erioed. Cell ydi stafell mewn jêl, lle mae pobol yn gorfod dioddef ar ôl i'r drws gael ei gau a'i gloi. Ond wrth ystyried y sefyllfa roeddwn i wedi ffeindio fy hun ynddi, efallai bod y term yn siwtio'r achlysur i'r dim. Mi ollyngodd Huws dair rhech, un ar ôl y llall, wrth gerdded ar hyd y pasej, a'r rheiny, fesul un, yn bowndian oddi ar y parwydydd. Mae'r gallu i ollwng rhech bwrpasol yn medru bod yn grefft, ond roedd y ffaith fod Huws wedi gollwng y rhain yn fy wyneb i, efo'r fath ddirmyg, a dim pwt o sgiws-mi, yn dweud lot am gymeriad, a diffyg parch Huws tuag at ei braidd, neu, yn hytrach tuag at ei ddafad golledig. Mi estynnodd Huws gadair bren i mi, ac mi eisteddodd o yn ei gadair swifyltshêr ledar, y tu ôl i'r ddesg. Mi osododd o ei sbecs ar bont ei drwyn Rhufeinig, ac edrych i lawr arna i 'run fath ag y mae fyltshyr yn edrych ar anifail bach diniwed sydd newydd golli ei fam. Roeddwn i'n cael y teimlad fod yna ddarlith ar y cardiau, a doeddwn i ddim yn bell ohoni. Mi ddechreuodd Huws heb hyd yn oed holi ynghylch cyflwr fy iechyd i, roeddwn i'n meddwl fod hynny'n bwysig iawn, o dan yr amgylchiadau, oherwydd roedd yr ogla saim a'r rhechu mochynnaidd, wedi dechrau codi cyfog gwag arna i. Ond na, ac medda fo yn ei lais dyfn, undonog, pregethwrol:

'Dwi wedi bod eisiau cael gair bach personol efo chdi ers tro byd rŵan, ond mi ddon i at y mater sydd gerbron yn gyntaf. Mae dy fam yn dweud dy fod ti'n awyddus i gymryd rhan yn y gystadleuaeth sydd i'w chynnal, aros di funud bach rŵan. . . ' medda Huws, gan edrych yn ei ddyddiadur 'sydd i'w chynnal. . . ym. . . dair wythnos union i heno, am hanner awr wedi saith, yng nghapel Nasareth.'

Mi edrychodd Huws ym myw fy llygaid i, a disgwyl am ateb.

'Y. . . yndi. . . y. . . ym. . . yndw.'

'Da iawn chdi, da iawn chdi, campus, campus. Dwi bob amser yn croesawu aelodau o'r to ifanc, yn enwedig os ydyn nhw'n fodlon cymryd rhan yng ngweithgareddau'r capel. Mi wyt ti ym mlodau dy ddyddiau, ac mae angen mawr am bobol 'run fath â chdi yn y gorlan, oes, oes yn wir. Mi'r wyt ti'n ifanc ac yn gry, ac felly mi ddyliai'r iau fod yn ysgafn ar dy 'sgwydda di wrth iti rannu baich ffyddloniaid y ffydd yng ngwaith yr Arglwydd, yr enwad, a'r gymdeithas. Cysegrwn flaenffrwyth ddyddiau'n hoes i garu'r hwn fu ar y groes, mae mwy o bleser yn ei waith na dim a fedd y ddaear faith. Cael bod yn fore dan yr iau sydd ganmil gwell na phleser gau, mae ffyrdd doethineb oll i gyd yn gysur ac yn hedd o hyd. .'

Mi fedrwn i fod wedi meddwl am lot gwell pleserau, roeddwn i'n clywed un wrthi'n golchi llestri drws nesaf. Ond Iesu Grist o'r Sowth, doedd Yncl Dic ddim yn bell ohoni pan ddywedodd o mai twat gwirion oedd Huws, a'i fod o owt-of-tytsh efo pobol gyffredin. Mewn difri calon, pwy sydd eisiau gwrando ar rw rwtsh felna? Mi fuo bron i mi ddweud wrtho fo am beidio bît-abowt-ddy-bwsh, a dŵad yn syth at bwrpas y conffrans rhyngddo fo a fi, ond roedd genna i ormod o ofn troi'r drol rhag ofn i mi fethu â chael cip ar Mrs Huws.

'Ia. . . Ia, cofia yn awr dy Greawdwr yn nyddiau dy ieunctid cyn dyfod y dyddiau blin, a nesáu o'r blynyddoedd yn y rhai y dywedi, nid oes i mi ddim diddanwch ynddynt. Na, rŵan ydi'r amser i hau, 'machgen i, a ryw ddiwrnod, mi gei di blesar o'r mwya wrth fedi yr hyn yr wyt ti'n ei hau heddiw. Ond i ddŵad yn ôl at y matar dan sylw. Wyt ti'n gwybod pa lyfr y mae'n rhaid i chdi ei ddarllen a'i gofio?'

'Y Beibl?'

'Wel ia, ond naci,. . . y. . . ar gyfer y gystadleuaeth, dwi'n feddwl.'

'O, ym. . . nacdw.'

'*O Law i Law*. Wyt ti wedi ei ddarllen o?'

'Ym. . . yndw. . . ym. . . nacdw. . . ym. . . dwi'm yn siŵr iawn.'

'Wyt ti wedi clywed amdano fo 'ta?'

'O do, do siŵr iawn.'

'Mae'n siŵr dy fod ti'n wybyddus â'r awdur, felly.'

'Yndw,. . . ym. . . dyw, ma 'ngho i wedi mynd yn beth sâl. . . ym. . . '

'Wel, mi fydd yn well i ti hogi fo ar gyfer y gystadleuaeth, neu wnei di ddim byd ohoni hi. Peth rhyfedd dy fod ti ddim yn cofio enw'r awdur, mae dy fam yn dweud dy fod ti'n ddarllenwr mawr— T.Rowland Hughes.'

'Ia, siŵr iawn,'

'Wyt ti'n gyfarwydd â'i waith o?'

'O yndw, ym. . . y. . . boi y tships. . . y. . . '

'Oes,oes, ma 'na sôn am tships yn *William Jones*, ond mae T. Rowland Hughes wedi sgwennu llawer o nofelau pwysig. Dyna i ti *Chwalfa*, er enghraifft, un o glasuron ein llên. Roedd o'n fardd penigamp hefyd. . . ''Siân Owen Ty'n y Fawnog yw'r hen wraig â wisga'r siôl a'i hurddas benthyg, mwy, hen wreigan seml a chadarn fel y graig uwch Cefncymerau lle'r addolent hwy''. . . ''Pe bawn i yn artist mi dynnwn lun rhyfeddod y machlud dros benrhyn Llŷn''. . . ''Mi wellaf pan ddaw'r gwanwyn, bu'r gaeaf 'ma'n un mor hir, a oes 'na argoel eto, fod gwennol yn y tir. . . ?'' '

Mi aeth Huws ati i raffu penillion, un ar ôl y llall, er mwyn dangos ei hun a dangos maint ei wybodaeth i mi. Ond doeddwn i ddim yn gwybod fawr ddim am 'ein llên' na Rowland Hughes na'i 'hen wraig', ac roeddwn i wastad o dan yr agraff mai 'Hogiau'r Wyddfa' oedd wedi sgwennu 'Mi wellaf pan ddaw'r gwanwyn', ac mi gefais i dipyn o sioc wrth ddarganfod mai rip-off-myrtshants oedd hogia hen bentra bach Llanbêr. Petai Yncl Dic yn eistedd yn y gadair yn fy lle i, yna mi fasa hi wedi bod yn ffeiar-wyrcs ers meitin. Mi gofiais i'n sydyn fy mod i wedi clywed Yncl Dic yn sôn am T.Rowland Hughes 'ma. Roedd o'n dweud fod rhyw ddyn pwysig yng ngholeg Aberystwyth wedi galw pum nofel T.Rowland Hughes yn 'bum pwdin Nadolig bob blwyddyn', er mwyn i werin Cymru gael eu treulio nhw efo'u cinio Dolig, a chael tshans i ddefnyddio eu hancesi poced newydd i sychu eu dagra wrth ddarllen. Rybish sentimental, rhamantaidd ydyn nhw, yn ôl Yncl Dic, ac maen nhw wedi gwneud mwy o ddrwg nag o les i'n datblygiad ni fel cenedl, medda fo.

'. . . Mi fydd yn rhaid i chdi selio'r nofel ar dy go,' medda Huws, 'ond paid â phoeni'n ormodol oherwydd mi fydd yna ddau arall efo chdi, ac mi fydd yna ambell i gwestiwn tîm. Mi fyddwch chi'n cystadlu yn erbyn y tîm arall. Oes 'na gopi yn y tŷ acw?'

'Ym. . . dwi'm yn siŵr iawn. Oes 'na lun arno fo, oes? Ma'n siŵr fod gen Yncl Dic un.'

'Ia, Richard Williams. . . hm. . . na. . . y. . . fasa'n well i chdi gael benthyg fy nghopi i, dwi'n meddwl,' medda Huws yn ddiamynedd.

Mi estynnodd o un o'r silffoedd llyfrau, a dechrau

eu fodio fo, a chrychu'i drwyn wedyn mi ddechreuodd o sgwennu'n ara deg ac yn ofalus.

'Ia. . . hm. . . mi fasa'n well i mi dorri fy enw arno fo. . . y. . . jest rhag ofn.'

Mi roddodd o'r llyfr i mi, ac mi ddywedodd o wrtha i am gymryd gofal mawr ohono fo—mae'n rhaid ei fod o'n meddwl fy mod i'n lleidar, ac yn un blêr uffernol efo 'mhetha. Wyddwn i ddim ei fod o â chymaint o feddwl ohona i—chwarae teg i'r mwnci pric.

'Rwân 'ta', medda Huws, gan godi pont efo'i freichiau a'i ddwylo, a gosod ei ên i orwedd yn daclus arni hi. Mi ddaru o ymestyn dros y ddesg 'run fath ag ostritsh, ac anadlu'n drwm ar fy wyneb i. 'Oes 'na rywbeth yn dy boeni di? Oes 'na rywbeth fedra i neud i dy helpu di? Paid â bod ofn ymddiried ynddai, oherwydd dyna ydi gwaith gweinidog, cynnig y dair ''c'' bob amser—cyngor, cymorth a chyd-weithrediad.' Roedd angen i rywun aildynhau sgriws Huws. Tybed be uffarn roedd yr hen ddynas wedi bod yn ei ddweud wrtho fo?

'Nag oes diolch, dwi'n ddi-fai a dweud y gwir, yndw, tshiampion diolch yn fawr i chi.'

'Rwân 'ta. . . ym. . . y. . . dwi'n gwybod dy fod di wedi canfod dy hun mewn ambell i sefyllfa. . . wel. . . sut fedra i ddeud?. . . ym. . . ddigon anffortunus. Cofia di, dwi ddim yn honni am eiliad mai dy fai di oedd o i gyd, nacdw, nacdw wir, ond ma dy fam druan yn poeni amdanach chdi yndi, ma hi'n gofidio, wyddost ti. . . wel. . . ym. . . pan wyt ti ddim yn byhafio cweit fel ag y mae disgwyl i ti fyhafio, yntê. Ond dyna fo, ma'r dŵr yna wedi llifo o dan y bont ers tro byd rŵan, ac ma 'na gyfle i ni droi dalen newydd bob amser, yn does? Cofia di, dwi'n llawn gydymdeimlo efo chdi, hen gyfnod digon ansefydlog ydi cyfnod yr arddegau, mae

rhywun ar y trothwy rywsut, rhwng ddoe y plentyn-
dod, ac yfory'r cyfrifoldebau. Cyfnod o chwilio ac o
ddarganfod ydi o, ia, darganfod gwerth yr efengyl
sanctaidd. . . Pan oeddwn fachgen, fel bachgen y
llefarwn, fel bachgen y deallwn, fel bachgen y
meddyliwn, ond pan euthum yn ŵr, mi a roddais
heibio bethau bachgennaidd. . . ia. . . . mae o i gyd
yn ysgrifenedig yn yr hen air. Ia, cyfnod anodd, cyf-
nod lle y mae llawer yn llithro ar y llwybr cul, ac yn
ei chael hi'n anodd i godi drachefn. Faswn i ddim
yn hoffi meddwl dy fod ti am wyro i'r cyfeiriad
anghywir, na faswn wir. Mae'n biti garw dy fod ti
wedi madael o'r ysgol mor gynnar. Wyt ti wedi
cysidro mynd i tecnical-colej, i wneud dy C.S.E.?'
    'Naddo.'
    'Pam, os ca i fod mor hy â gofyn?'
    Mi gei di fod mor hy ag y lici di'r hen gwdyn, ma
honna bron cyn hyned â'r 'hen air' ei hun. Roeddwn
i wedi ei chlywed hi ganwaith o'r blaen.
    'Dwn i'm. Mi fasa'n anodd ailafael yni hi a ma
isho lot o fynadd. . . '
    'MYNADD,' medda Huws ar fy nhraws i, gan
godi ei lais a'i wrychyn 'run pryd. 'MYNADD, 'ma
isho gwneud mynadd, 'y machgen i, neu ei di byth i
nunlla. Mi fedrwn i dy gael di i mewn yno fory nesa,
mi wna i fy ngora drostach chdi, dim ond i chdi
ddangos dy fod ti'n awyddus i astudio. Mi fyddai
addysg dda yn sylfaen i chdi, dydi o ddim o bwys be
wnei di ar ôl cael addysg, mi fedri di ddisgyn yn ôl
arno fo unrhyw adeg. Dyna i chdi Angharad ni,
rŵan, mi weithiodd hi'n galed yn yr ysgol, a rŵan
ma hi yn y Brifysgol yn Aberystwyth, ac yn
mwynhau ei hun yn iawn. . . '
    Oedd, mae'n siwr ei bod hi'n mwynhau ei hun yn
iawn, ac mae'n debyg fod rhywun ar ei chefn hi y
funud honno, os oedd hi'r un mor gocwyllt ag yr

oedd hi o gwmpas y lle cyn iddi hi fynd yno. Mi gefais i ddiawl o swadan ganddi hi un tro, ac ar Rolsyn yr oedd y bai. Mi ddaeth o i mewn i'r Y.M., un noson—Y.M.C.A. ydi enw iawn y lle—'Young Men's Christian Association', ond fasa waeth iddyn nhw alw'r lle yn 'Young Men's Crime Association', ddim, oherwydd i'r fan honno y mae pawb yn mynd i guddio ar ôl gwneud dryga. Lle da ydi'r Y.M., mae yno bedwar bwrdd snwcar, a chaffi bach lle mae hen ddynion yn gwerthu panad o de rhad efo condensd-milc ynddo fo. Os ewch chi i mewn yno i chwilio am rywun, waeth i chi heb â rhoi eich pen rownd y drws, na, mae'n rhaid i chi gerdded rownd os ydach chi eisiau ffeindio rhywun oherwydd fod y mwg sigaréts mor drwchus—mae o 'run fath â Niwl Conwy. Mae pawb yn cael smocio yno, ond chewch chi ddim mynd â chwrw i mewn rhag ofn i chi ei dywallt o ar un o'r byrddau a difetha'r cwsh. Os ewch chi â chwrw i mewn, a chael eich dal mi gewch chi lempan gan John Goc Fawr, a'ch bario am fis. Mae yno griw yn chwarae cardiau am bres—Three Card Brag, Seven Card Brag, Montana Red Dog, Black Jack a Poker a ballu. Mae'r lle o dan ei sang bob nos ond nos Sul, oherwydd does yna unlle arall i fynd os ydach chi o dan oed yfad. Hogia ifanc sydd yno gan amla, ond mae yna ambell i hen stejar yn mynd yno i gael paned a gêm fach o snwcar neu filiards cyn mynd i'r pyb ar nos Sadwrn. Beth bynnag, mi ddaeth Rolsyn i mewn un noson, ac roedd ganddo fo wên fawr ar draws ei wyneb. Roedd yna griw ohonon ni'n eistedd ar un o'r meinciau, ac medda fo:

'Reit 'ta, pwy sy isho ogleuo tipyn o'r ogla smel 'ma?'

Mi gerddodd o heibio i bob un ohonon ni, a phan oedd o'n pasio, roedd o'n stwffio ei fys i fyny'n ffroena ni. Wedi iddo fo orffen, dyma fo'n dweud:

'Pwy ydach chi'n feddwl ydi hi 'ta?'

Pawb yn ysgwyd eu pennau.

'Angharad Huws, gweinidog. Bys tro cynta, do wir Dduw.'

Mi gafodd Rolsyn yr ymateb yr oedd o'n chwilio amdano, ac roedd y rhan fwya o'r hogia yn ei ganmol o oherwydd eu bod nhw ei ofn o. Roeddan nhw'n dweud pethau fel:

'Diawl, jami.'

'Sud ges di afal ar honna?'

'Ti'n uffarn o foi, Rolsyn.'

'Fues di ar ei chefn hi yfyd?'

'Meindiwch hi, y bastads busneslyd,' medda Rolsyn, ac allan â fo drwy'r drws.

Ddywedais i ddim byd, dim ond cysidro'r peth, a'i gadw o'n fy nghof.

Ymhen rhyw bythefnos wedi'r digwyddiad hwnnw, roeddwn i'n sefyll yn y bỳs-shelter ar fy mhen fy hun, ac yn cael ffag, pan ddaeth Angharad heibio. Roedd hi'n piso bwrw glaw, ac mi ddaeth hi i mewn ata i i'r shelter:

'Be wt ti'n neud yn fan hyn ar dy ben dy hun bach?' medda hi.

'O, jest cael ffag.' medda fi.

'Sgen ti un i sbario?'

'Oes.'

Mi roddais i ffag iddi hi ac mi roddais i dân iddi hi hefyd. Roedd hi'n cymryd drags bach ffwl-sbîd, ac yn chwythu fel injan-stêm.

'Iesu, ma hi'n boring yn y twll lle 'ma, yndi,' medda hi. 'Sa ffyc ôl i neud yma, nag oes? Ma'n iawn i chi hogia, yndi, dach chi'n cal myn i ffycin Y.M., yndach.'

'Yndan.'

Wyddwn i ddim ei bod hi'n smocio, a wyddwn i

ddim chwaith ei bod hi'n medru rhegi fel trwpar. Erbyn meddwl, doeddwn i ddim wedi siarad efo hi er pan oeddwn i'n yr ysgol gynradd. Roedd hi fel tasa hi wedi tyfu i fyny dros nos rywsut, 'run fath â myshrwm—myshrwm fach handi uffernol hefyd. Wrth iddi hi smocio, mi glosiodd i fyny ata i, ac mi roddais inna fy mraich rownd ei hysgwydd hi. Ymhen hir a hwyr, mi ddywedodd hi nad oedd hi'n sâff iawn yn y bỳs-shelter, ac y basa'n well i mi ei dilyn hi i mewn i'r bogs merchaid—ddis is mai lyci dê. Theimlais i ddim o'r glaw wrth gerdded i'r bogs merchaid, ac wedi i mi gyrraedd y fan honno, mi ddaru ni ddechrau snogio. Roedd hi'n ogleuo'n ffantastig, roedd ganddi hi wefusau ffantastig, ac roedd hi'n snogio'n ffantastig. Blydi hel bels, Huws, sut ddaru chi lwyddo i greu hogan mor ffantastig, mae hon yn well na'r un ddrama ddaru chi gyfansoddi ar gyfer y Cylch Drama, ac mae hi'n well na'r un bregeth ddaeth o'ch pen chi erioed. Mi godais ei jymper hi i fyny a dechrau teimlo ei bronnau hi drwy'r bra. Roedd Angharad wedi cau ei llygaid, ac roedd hi'n andalu'n drwm ac yn gwneud tipyn o sŵn, wyddwn i ddim os mewn poen neu o dan deimlad yr oedd hi. Roeddwn i wedi cynhyrfu, ac roedd fy nwylo'n crynu wrth deimlo ei thethi hi rhwng fy mys a fy mawd, drwy'r deunydd tenau. Roedd y cusanau'n gwella bob eiliad, ac roedd ei thafod hi fel neidar ac yn gwibio i mewn ac allan o 'ngheg i. Roedd pob man yn dawel, doedd yna neb ond y hi a fi yn y byd. Roeddwn i'n feibretio o'm corun i'm sowdl, ac wedi ymgolli gymaint nes i mi gael diawl o sioc pan ddywedodd Angharad:

'Tyn o.'
'Be?'
'Tyn o, tyn o, tyn o i ffwr.'

Wedi ffidlan am sbelan, mi lwyddais i, ac mi ddaru nhw ddisgyn allan, a symud yn ôl ac ymlaen 'run fath â phendil cloc. Roeddan nhw'n fawr, ond ddim yn rhy fawr, roeddan nhw'n galed, ac roedd-an nhw'n gynnes—o mama mia! Roeddwn i'n gor-fod taro fy nhroed yn erbyn wal deils y bog, bob yn hyn a hyn, jest i wneud yn siŵr nad breuddwydio'r oeddwn i. Mi agorodd Angharad fy nghrys i, a rhedeg ei dwylo i fyny ac i lawr fy senna, roedd fy narn i'n brifo gymaint ag y basa fo'n neud petai rhywun wedi fy nghicio yn fy nghwd. Mi ddechreuais i agor ei thrywsus hi, ond mi afaelodd hi yn fy llaw i, a dweud:

'Na'.

'Pam?'

'Dim tro cynta.'

'Ond ma Rolsyn 'di cal. . . '

Cyn gynted ag y daeth y geiriau allan o 'ngheg i, mi sylweddolais i fy mod i wedi gwneud cam-gymeriad mawr:

'Be wt ti'n feddwl? Rolsyn? Ti'm yn trio deud bo fi 'di bod efo hwnnw. Be wt ti'n feddwl ydw i, hwran ne rwbath?'

Mi roddodd hi uffarn o glustan i mi ar draws fy wyneb. Wnaeth y glustan ddim brifo, ond roeddwn i wedi ei brifo hi. Roeddwn i wedi gwneud ffŵl ohona i'n hun, ac wedi colli tshans dda i gal cariad. Mi fethais i â sbio arni hi ar ôl y diwrnod hwnnw—roedd genna i ormod o gywilydd. Mi ffeindiais i allan wedyn mai wedi bod efo Wendy Tancia roedd Rolsyn, mi aiff honno efo unrhyw un ac mae hi'n drewi 'run fath â tun sardîns. Er bod Rolsyn yn foi týff, roeddwn i am ei waed o, ond rywsut neu'i gilydd, mi lwyddodd o i ddŵad allan ohoni. Doedd o erioed wedi meddwl, medda fo, y buaswn i wedi llyncu'r stori, 'run fath â'r ffyliaid eraill. Mi roddodd o baced deg o Embasi coch i mi am ddim, ac roedd o'n glên uffernol. Roedd Rolsyn a finna'n arfer byw drws nesa i'n gilydd yn y tai cownsil, ers talwm, ac y mae'n rhyfedd fel y mae rhyw fond felna yn eich rhwymo chi wedyn, fedrwn i ddim peidio maddau i Rolsyn.

Mae Yncl Dic yn dweud fod awdurdoda'r colegau yn cael mwy o drafferth efo plant gweinidogion nag efo plant neb arall. Maen nhw'n mynd oddi ar y rêls y funud maen nhw'n cyrraedd yno, medda fo, oherwydd fod eu rhieni nhw wedi dal ffrwyn ry dynn arnyn nhw pan oeddan nhw adre. Faswn i ddim yn synnu dim os aeth Angharad oddi ar y rêls, oherwydd doedd yna fawr o frêcs yn perthyn iddi hi cyn iddi hi fynd yno. Mi welais i hi ryw ychydig o ddiwrnodau cyn iddi hi fynd i'r coleg, roedd hi'n mynd i mewn i dŷ Brian Beatle. Mae o'n byw ar ei ben ei hun, ac mae o tua thri deg pump oed, mae o'n torri ei wallt mewn ffrinj, ac yn gwisgo wincylpicyrs.

'. . . Mi fedrat ti fynd yn dy flaen i'r Brifysgol wedyn,' medda Huws, 'ac ennill gradd drwy weithio'n galed. Dydi hynny ddim yn amhosib, a phwy a ŵyr, falla y byddi di'n weinidog yr efengyl 'run fath â fi ryw ddiwrnod.'

'Roeddwn i'n dechrau laru ar Huws. Pwy uffarn oedd o'n feddwl oedd o, i drio dweud wrtha i be i'w wneud? Pwy uffarn oedd eisiau mynd i'r Brifysgol at ryw blant clefyr, styc-yp? Pwy uffarn oedd eisiau bod yn weinidog? Roedd Huws yn fy ngwneud i'n sâl, roeddwn i jest â chwdu am ben ei ddesg o. Fo â'i ddyddiadur llawn a'i silffoedd llyfrau—doedd yna ddim byd ar y rheini ond Esboniada a *Drych yr Amseroedd* a *Charles* a *Mathetes* a ballu, mi faswn i'n fodlon betio *Geiriadur Beiblaidd* nad oedd o wedi darllen 'run ohonyn nhw o glawr i glawr. Na, roedd o wedi stocio'r silffoedd er mwyn dangos ei hun, ac er mwyn dangos i bobl dwp ei fod o'n ddyn clefar iawn. Dydi Huws ddim yn credu mewn dŵad â politics i mewn i'r pulpud, wnaiff o ddim dweud i pwy y mae o'n fotio—wnaiff o ddim dangos ei liw. Petai pawb yn mynd i'r capal, mi fasa'r iaith yn fyw, medda fo,—blacmel ydi peth felna. Pan oedd Raymond, Granville, yn y jêl ar ôl bod mewn trwbwl efo Cymdeithas yr Iaith, mi wrthododd Huws fynd i'w weld o am nad oedd o'n credu mewn feiolens. Mae Yncl Dic yn lot mwy clefar na Huws, mae o'n darllen lot o lyfrau gwahanol, yn hytrach na jest darllen pethau am grefydd, ac mae ganddo fo lot gwell syniad o'r hyn sy'n mynd ymlaen yn yr hen fyd 'ma oherwydd hynny. A dweud y gwir, mae Yncl Dic wedi anghofio mwy na ddysgith Huws byth, mae ganddo fo fwy o frêns ym mawd ei droed nag sydd gan Huws yn ei ben. Mae yna fwy o bobol wedi cael eu lladd ar gownt crefydd nag ar gownt dim byd arall, medda Yncl Dic, y grefydd Gristnogol ydi'r grefydd leiaf yn y byd, medda fo, ond eto, mae hi wedi trio goresgyn crefyddau eraill, 'run fath ag y mae'r British Empeiyr wedi trio dwyn gwledydd eraill. Pobol ddrwg ydi cenhadwrs, medda fo, oherwydd bod y rhan fwyaf ohonyn nhw'n gweithio i Mylti Nashnyls ac oherwydd eu bod nhw wedi dinistrio diwylliannau bach, ac wedi trio hel pobol o'u tir a gwneud iddyn nhw fyhafio 'run fath â phobol wyn.

'. . . Y cyfan ma'n rhaid i chdi neud ydi apleio dy

hun, ti'n gweld, gafael ynddi hi o ddifri, deffro
dipyn bach,' medda Huws, ac mi fangiodd o'r
ddesg efo'i ddwrn oherwydd fy mod i wedi dechrau
edrych o'm cwmpas 'run fath ag y mae o'n ei
wneud—jest o ran ymyrraeth. 'Thâl hi ddim i
ddiogi a gwastraffu amser mewn tai tafarnau. . .'
'Gwrandwch, Mr Huws, dwi'm yn meddwl. . .'
Ond mi ganodd y ffôn. Mi ddaru Huws fy shiw·
shiwio i allan o'r gell, yn union fel taswn i'n gi, a fy
enw i oedd Carlo. Mi roddodd o ei law dros y risifyr,
a dweud wrtha i am ofyn i Mrs Huws wneud panad
o de. Pan es i i mewn i' r gegin, mi fuo bron i mi â
chael ffatan. Roedd Mrs Huws yn ei chwrcwd reit
ar ganol y llawr, ac wrthi'n torri rhyw batrymau efo
siswrn. Roedd ei sgert hi wedi codi i fyny dros hanner
ei phen-ôl, ac wele'r datguddiad reit o flaen fy
llygaid i—y pen ôl mwyaf ffantastig yn y byd, wedi
ei wisgo mewn nicyrs glas a theits tywyll.
'Sud wt ti?' medda Mrs Huws.
'Ym. . . y. . . iawn diolch. . . ym. . . teciall. . .
te. . . ma Mr Huws yn gofyn os fedrwch chi neud
panad o de.'
'Wel medraf, siŵr iawn, mi 'na i un mewn dau
funud. Tyd, tyd i ista i fan hyn.' ·
Mi roddodd Mrs Huws o-bach i un o'r cwshins, a
gwneud lle i mi ar y soffa.
'Wt ti'n teimlo'n iawn? Ma golwg lwyd arnach
chdi, gobeithio bo Irfon ddim wedi bod yn mwydro
dy ben di.'
Dynas glên ydi Mrs Huws, roedd hi'n gwenu'n
braf arna i ac yn gofyn lot o gwestiynau neis i mi.
Mae hi'n ddynes ddel iawn hefyd, ac mae ganddi hi
wallt fflamgoch a llygaid brown. Mae'r hen ddynas
yn lladd arni hi ac yn dweud nad ydi hi'n cymryd
digon o ddiddordeb yng ngweithgareddau'r capel—
wnaiff merch siop tships byth wraig dda i weinidog,

medda hi. Wnaeth hi ddim styrbio dim, ac roedd y pen-ôl yn dal o flaen fy llygaid i. Wyddwn i ddim be i'w wneud efo fi'n hun, roeddwn i'n crynu fel deilen, roedd yna rywbeth yn dweud wrtha i am beidio sbio arno fo, ond fedrwn i ddim peidio, doeddwn i erioed wedi gweld y ffashiwn beth o'r blaen. Mi benderfynais i nad oedd dim o'i le yn y ffaith fy mod i'n gwerthfawrogi'r olygfa oedd o 'mlaen i, ac mi fedrwn i fod wedi eistedd yn fan honno yn sbio arno fo am weddill fy nyddiau, ond mi ddaeth Huws i mewn a difetha'r cyfan. Mi gododd Mrs Huws, a mynd ati i hwylio panad, ac mi ddisgynnodd y sgert i lawr 'run fath â chyrtans yn dŵad i lawr ar lwyfan haff-teim, jest pan mae yna rywbeth ecseiting ar fin digwydd yn y ddrama. Mi wnaeth Mrs Huws banad i ni ein tri, ac mi ddechreuodd Huws ailafael yn ei bregath, ond mi ddywedodd Mrs Huws wrtho fo am fod yn ddistaw. Roedd gan yr hogyn ddigon ar ei blât, medda hi, os oedd o'n gorfod dysgu llyfr cyfan ar ei gof. Roeddwn i'n hogyn clên, medda hi, a dyna oedd y peth pwysicaf. Mi fedrwn i fod wedi gafael amdani a'i chusanu hi'n reit hawdd oherwydd ei bod hi mor neis. Wn i ddim be roedd hi'n ei weld yn Huws.

Mi es i adra â'm llyfr yn fy llaw, roedd hi wedi bod yn noson uffernol ar y naill law, ond yn reit fendithiol ar y llaw arall. Wrth i mi gerdded ar hyd y llan, mi welais i Alcwyn Ffansi Pans, ac mi ofynnodd o i mi oeddwn i eisiau mynd am dro efo fo i lawr at yr afon. Mi ddywedais i wrtho fo y buaswn i'n dweud wrth Yncl Dic oni bai ei fod o'n gadael llonydd i mi, ac mi ddywedodd o mai dim ond jocio roedd o. Mae Alcwn Ffansi Pans yn boen mewn tin, mae o wastad yn gofyn i bobol fynd am dro efo fo neu i chwarae hosbitol yn ei dŷ o. Cyn cyrraedd y tŷ, mi deimlais i bapur punt yn fy mhoced, ac mi benderfynais i fynd am ryw beint neu ddau i'r Chwain cyn stop-tap. Pan es i mewn, mi ddywedodd Dei a Huwsyn fy mod i'n mynd yn debycach i Yncl Dic bob dydd oherwydd fod genna i lyfr o dan fy nghesail. Wnes i ddim dweud wrthyn nhw lle roeddwn i wedi bod, na 'mod i'n trio yn y gystadleuaeth—roedd genna i ormod o gywilydd.

Mi ddechreuais i ddarllen *O Law i Law* yn fy ngwely y noson honno, roedd yn rhaid i mi hastio oherwydd doedd genna i ddim ond tair wythnos i ddysgu'r stori ar fy ngho. Roedd y llyfr i'w weld yn un reit dda ar wahân i ambell i beth fel—'Pam nad aent adref? Nid oedd arnaf ofn bod wrthyf fy hun'—does yna neb yn siarad felna, wel, neb dwi'n nabod beth bynnag. Roedd Jim Gorila i'w weld yn dipyn o gês, ond fedrwn i ddim yn fy myw gonsyntretio ar y llyfr. Roedd genna i un llaw yn gafael yn y llyfr, a llaw arall o dan y cynfasau, llaw Huws oedd yn gafael yn y llyfr, a llaw Mrs Huws oedd y llall. Mi aeth hi'n ffeit rhwng y ddwy law, ond llaw Mrs Huws ddel, siapus, annwyl, ffantastig, ddaru ennill yn y diwedd. Mi gafodd y llyfr ei luchio, a'r golau ei ddiffodd, doedd yna neb yn y byd ond Mrs Huws a fi, roedd Huws wedi cael strôc, roeddan nhw wedi ei gladdu o y diwrnod cynt ym mynwent capal Nasareth. . .

Noson y Gystadleuaeth

*M*i fues i'n cachu plancia am dair wythnos gyfa, neu, fel y dywedodd rhyw hen foi bach nad oedd am fod yn rŵd tra'n disgrifio rhyw foment o arswyd i griw o ferchaid sidêt, 'ro'n i'n twtis brics!' Doeddwn i erioed wedi diodda oddi wrth hunllefau o'r blaen, ond ers y noson honno yn nhŷ Huws, roeddan nhw'n fy mhoeni i bron bob nos. Roeddwn i'n deffro yng nghanol y nos yn un laddar o chwys ar ôl dychmygu fod Huws wedi dŵad â gilotin efo fo i'r capal ac wedi ei barcio fo'n daclus yn y pulpud. Pe bawn i'n ateb cwestiwn yn anghywir, yna roedd Huws am fy nienyddio'n gyhoeddus yn y fan a'r lle. Wedi i Huws roi cwestiwn i mi, roedd y gynulleidfa i gyd yn gweiddi atebion anghywir er mwyn trio fy ffwndro, roeddan nhw'n mynd yn wallgo ac yn curo eu traed ar y llawr a gweiddi—'ei ben o Mr Huws, dan ni isho'i ben o'. Roeddwn i'n deffro bob tro pan oedd fy mhen i reit ar y bloc ac yn edrych i fyny ar wyneb hyll Huws a hwnnw efo gwên ffiaidd arno fo.

Mi dorrais i bob comiwniceshon efo'r hen bobol oherwydd roeddwn i wedi llyncu mul go iawn ac roedd y bedol wedi bachu hefyd. Arnyn nhw yr oedd y bai am bopeth, y nhw oedd wedi cynllwynio'r holl helynt a nhw oedd achos yr holl drafferth. Mi

ddechreuais i adael i'r tatws fynd efo'r dŵr, rhoi gormod o halen efo'r moron, llosgi'r cig a newid y bys bach ar y cloc larwm er mwyn iddyn nhw fod yn hwyr yn eu gwaith yn y bore, jest o ran sbeit ac i dalu'n ôl am y boen roeddwn i'n ei dioddef. Welais i ddim o'r hogia yn ystod y dair wythnos, a fues i ddim ar gyfyl y Chwain chwaith. Dwi'm yn meddwl i mi fynd cyn hirad heb beint er pan ddechreuais i yfad yn 'Shwsbri fflowyr-show' pan oeddwn i'n bedair ar ddeg oed. Roedd diffyg llaeth mwnci'n dechra deud arna i hefyd, roeddwn i'n flin drwy'r dydd ac yn cael uffarn o job wrth drio mynd i gysgu yn y nos. Petawn i'n cael fy nhri neu bedwar peint arferol bob nos, yna mi fyddwn i'n tshiampion, ond doedd wiw i mi wneud hynny, roedd amser yn brin, a beth bynnag, mae'n debyg na fyddwn i'n ei fwynhau o oherwydd roedd busnas y gystadleuaeth ar fy meddwl i drwy'r amser. Roeddwn i'n trio dysgu pob gair o'r llyfr ar fy nghof, 'run fath â poli parot, ond mwya'n y byd yr oeddwn i'n ei ddysgu, mwya roeddwn i'n ei anghofio. Roedd yr holl beth yn ormod i fy mrên bach i.

Mi es i i deimlo mor dipresd ar ddechrau'r ail wythnos, fel y bu'n rhaid i mi fynd i weld Yncl Dic a thorri mol. Wedi i mi gyrraedd y tŷ, roeddwn i'n difaru fy mod i wedi mynd yno ac yn gweld fy hun fel rêl blydi pen dafad am na fedrwn i ddysgu llyfr bach syml. Mi ddechreuais i fân siarad am bopeth— y tywydd, pris cwrw a ffags—unrhyw beth heblaw fy nghenadwri ac ro'n i'n cerdded o gwmpas y tŷ ac yn ffidlan efo'r peth yma a'r peth arall ac yn codi llyfra oddi ar y bwrdd a'u lluchio nhw'n ôl arno fo wedyn. Mae'n rhaid fod Yncl Dic wedi sylwi fod yna rywbeth o'i le oherwydd mi ddwedodd o:

'Arglwydd, be san't ti heno? Wt ti 'run fath â rhech ar drana. Oes yna rywun wedi rhoi gormod o halan yn dy botas di, 'ta be?'

Mi ddwedais i'r stori i gyd, bob yn dipyn.

'Rhag cwilydd i dy fam,' medda Yncl Dic. 'Ddyla ei bod hi wedi gofyn i chdi yn gynta, os oeddat ti isho trio yn y blydi cystadleuath, a dy ddandwn di yn hytrach na dy gornelu di. Dwi'n synnu at dy fam yfyd, yndw wir Dduw. Ond ta waeth, paid â phoeni, washi, tydi hi ddim yn ddiwadd y byd, wsdi. Y cwbl sydd isho i chdi neud ydi dysgu i lle'r aeth pob peth. Cofio i lle'r aeth y mangyl, yr harmoniym, y gadar, bwrdd y gegin a'r llestri te ac ati. . .'

Blydi hel, mae'n rhaid fod Yncl Dic yn uffarn o foi clefar oherwydd roedd o'n medru enwi'r petha yna i gyd heb hyd yn oed edrych ar y llyfr. Yr unig beth yr oeddwn i'n ei gofio oedd y mangyl, a hynny am mai Jim Gorila—y boi gora yn y llyfr—oedd wedi ei gael o gan John Davies.

'. . . Wedi i ti ddysgu rheina i gyd—a matar bach fydd hynny—mi fedri di fynd ati i ddysgu amball i beth arall wedyn, ond gofala na wnei di ddim trio cofio gormod neu mi fwydri di dy ben a gneud smonach o betha. Mewn tîm fyddi di, ia?'

'Ia.'

'Pwy fydd efo chdi?'

'Dwn 'im, ddudodd Huws ddim.'

'Naddo, ma'n siŵr, y surbwch uffarn. Wel, dyna fo, dos adra rŵan i ddysgu lle'r aeth pob peth a tyd draw cyn diwadd yr wsnos er mwyn i mi gal holi dipyn arnach chdi, a cofia rŵan, paid â phoeni dim, jesd gwna dy ora—os gwnei di hynny, mi wnei di'n o-lew.'

'Fyddwch chi yno Yncl Dic?'

'Yn lle, washi?'

'Yn capal Nasareth.'

'Dyw, dwn i'm wsdi, ma'n gwestiwn gen i. Dwi'm

'di bod yno ers oes pys.'

Mi es i draw am dest bach i dŷ Yncl Dic ar ddiwedd yr wythnos ac mi aeth pob dim yn iawn. Roedd angen i mi fynd ati i ddysgu mwy o feithiau cyffredinol wedyn, medda fo, ond i mi ofalu rhoi stop arni hi y noson cyn y gystadleuaeth, a mynd i'r Chwain am beint neu ddau—a dim mwy na hynny, er mwyn i mi roi rest bach i 'mrêns a chal seibiant. Felly y bu hi, ond mi fethais i â rilacshio yn y Chwain ac roeddwn i'n teimlo'n swp sâl pan es i i 'ngwely y noson honno. Pam fi? Dyna roeddwn i'n ei ofyn wrth drio mynd i gysgu. Doedd yna'r un o'r hogia yn gorfod poetshio efo rhyw blydi cystadleutha, na, roeddan nhw'n cael gwneud fel y mynnon nhw, cyn bellad ag y bo hynny o fewn terfyna cyfraith gwlad. Dim ond y sisis a'r ffansi pansis oedd yn gorfod trio mewn steddfoda a chystadleutha a doeddwn i ddim eisiau bod yn rhan o'r set honno. Pam uffarn na fedar mamau a thadau tebyg i'r rhain sydd genna i adael llonydd i'w plant yn hytrach na thrio stwffio rhywbeth i lawr eu corn gyddfa nhw byth dragwyddol?

Bore'r dydd a wawriodd. Mi fuo'n rhaid i mi fynd ar y pan peth cynta, ac yn y fan honno y treuliais i'r rhan helaetha o'r diwrnod. Roeddwn i'n gobeithio fy mod i'n diodda o gastro entyreitus, ond roeddwn i'n gwybod yn fy nghalon mai cachu brics yr oeddwn i. Mi fethais i fwyta dim drwy'r dydd, dim hyd yn oed darn o dôst ac roeddwn i'n smocio fel stemar. Pan ddaeth yr hen bobol adra o'r gwaith, dyma nhw'n deud wrtha i am fynd i bolisho fy sgidia a gwisgo'r dillad roeddwn i wedi eu cael yn newydd sbon danlli i fynd i gnebrwn Yncl Jo—crys a thei, jaced a thrywsus gora. Mae'n gas genna i wisgo dillad felna, roeddan nhw'n gneud i mi deimlo'n lot gwaeth a doeddwn i ddim yn teimlo fel fi fy hun rywsut—acdio mae rhywun bob tro mae o'n gwisgo dillad gwahanol i'r rheini mae o'n arfer eu gwisgo. Roedd y ddau ohonyn nhw'n ffyshian o'm cwmpas i, un yn gwneud fy nhei i a'r llall yn brwshio'r jaced efo'r brwsh dillad sydd yn dŵad allan o'r drôr ryw unwaith neu ddwywaith mewn blwyddyn gron. 'Cofia neud hyn' a 'cofia neud llall' oedd hi wedyn; isda i fyny'n syth a phaid â gorweddian, tria neud dy hun yn debyg i rwbath, siarada'n uchal ac yn glir er mwyn i bawb gal dy glywad di a phaid â mymblan, paid ag edrach ar y gynulleidfa, jest consyntretia ar y cwestiyna ac ar be fydd Mr Huws yn ddeud'. Roedd hi'n ddigon hawdd iddyn nhw siarad, doeddan nhw ddim yn gorfod mynd ar brawf i'r sêt fawr o flaen Huws. Mi benderfynais i un peth ar fy ffordd allan o'r tŷ—hwn oedd y tro olaf; nefyr agen, not on iwar neli.

Roeddwn i'n crynu yn fy sodla wrth gerddad ar hyd y carpad coch tuag at y sêt fawr. Roedd gwaelod capal Nasareth bron iawn yn llawn, fasa rhywun ddim yn cael traean y nifer yno ar gyfer pregath fora Sul. Mae cystadleuaeth, rywsut neu'i gilydd, yn eu tynnu nhw'n eu heidiau 'run fath â phryfaid at gachu. Mae'n nhw wrth eu bodd yn gweld un person yn curo'r llall. Mae'n rhaid fod yna ryw strîc felna yn y ddynoliaeth. Dyna paham roedd yna filoedd yn tyrru i'r *arenas* yn Rhufain ers talwm i weld y *gladiators* yn cwffio, a dyna paham fod yna filoedd o bobol yn mynd i'r Steddfod bob blwyddyn. Maen nhw'n mynd yno yn unswydd i weld rhyw ddyrnaid yn gwneud yn well na phawb arall ac wedyn maen nhw'n eu clodfori nhw ac yn eu galw nhw'n 'brifeirdd' ac ati. Ond be ma hynny'n brofi? Ydi derbyn y ffashiwn enw yn gwneud rhywun yn well person? Nac ydi, siŵr Dduw. Roedd y gynulleidfa i gyd yn sibrwd ymysg ei gilydd wrth i mi basio'r rhesi seti. Mae'n siŵr eu bod nhw'n trio dyfalu be ddiawl oeddwn i'n ei neud yn cerddad i gyfeiriad y sêt fawr—ychydig a wydden nhw fy mod i'n gofyn yr union gwestiwn i mi fy hun. Dydi o ddim ots i ba gyfarfod neu ddrama neu gyngerdd yr ewch chi yn yr hen le 'ma welwch chi ddau yn eistedd reit yn y ffrynt heb neb ar eu cyfyl nhw ac roeddan nhw yno y noson honno—Brwsh Tŷ Newydd, sydd byth yn molchi ac yn drewi fel burgyn, a Dwalad, sy'n drysu ac yn galfoerio nes ei fod o'n wlyb socian. Mi es i i deimlo'n reit flin wrth feddwl fod y diawliaid yma i gyd wedi dŵad yno i gael eu hentyrtenio ar fy nhraul i.

Roedd Huws yn eistedd y tu ôl i fwrdd bach, reit o dan y sêt fawr, ac yn pori yn *O Law i Law*. Dyma fo yn edrach dros ei sbectol arna i ac yn fy nghyfarwyddo efo'i law i gymryd fy lle ar ochr chwith y sêt fawr. Pwy oedd yn eistedd reit gyferbyn â mi ond y twat bach ei hun—Selwyn G.T. Mab Boi Maths ydi Selwyn. Roedd Boi Maths yn fy nysgu i yn yr Ysgol Uwchradd a fo oedd y diawl mwya mileinig yn y lle. Roedd o wastad yn ysu am gael rhoi swadan i rywun ac mi gefais i un ganddo fo lawar gwaith, yn amlach neu pheidio, o'r tu ôl pan nad oeddwn i'n ei ddisgwyl hi. Hogyn sydd wedi ei ddifetha ydi Selwyn ac mae o'n dwp fel slej. Wnaeth o ddim byd ohoni yn yr ysgol—mwy na finna, ond mi ddaru o drio'n galetach na fi ac mi ddaru ei dad o ei gadw fo yno tan oedd o'n hogyn mawr deunaw oed, ond i ddim pwrpas—mi fethodd o â phasio unrhyw arholiad. Rywsut neu'i gilydd, mi lwyddodd ei dad o i gael job iddo fo efo'r Cyngor Sir fel clarc—pwy ydach chi'n ei nabod a dim be ydach chi'n ei wybod ydi hi yn yr hen le 'ma o hyd. Selwyn G.T.oedd y cynta o hogia'r lle 'ma i gael telisgop a têp-recordyr yn bresant Dolig. Y fo oedd y cynta hefyd o'r criw sydd 'run oed â fi i gal car gan ei fam a'i dad. 'Morus Thowsand' bach gafodd o—un efo pedwar drws, ac ymhen rhyw wythnos wedi iddo fo ei gael o, dyma fo yn sticio'r llythrennau GT wrth gynffon y 'Morris 1,000' ar y bŵt. Roedd yna griw ohonon ni yn arfer sefyll o flaen bỳs-shelter bob nos ac mi fydda Selwyn yn dŵad heibio efo'r 'Moi Mil'. Doedd o ddim yn ffrindia efo'r un ohonon ni ond mi fasa fo yn mynd ati i ffeindio unrhyw esgus er mwyn cael sdopio a dangos ei hun. Roedd o'n dŵad i lawr y llan ffwl-sbîd, slamio'r brêcs ymlaen, sgidio am ddegllath, neidio allan o'r car, gadael y drws yn agored a gadael i'r injan redag. Brysio atan ni, rhoi ei ddwy law ar ei 'senna, sbio ar bawb a deud:

'Oes 'na rywun wedi gweld John Bee Hive?' (Roedd gan hwnnw gar hefyd.')

Pawb yn ysgwyd eu penna.

''Di o 'di pasio, yndi?'

Pawb yn ysgwyd eu penna.

'O.K., wela i chi. 'Sgenna i ddim amsar i siarad, dwi ar hasd—ma 'na rali heno.'

Selwyn yn rhedag yn ôl i'r car, bangio'r drws, refio am bum munud ac i ffwrdd â fo fel cath i gythral.

Dwi'n cofio un noson pan ddaeth o heibio i wneud ei stynt arferol, dyma fi'n gofyn iddo fo:

'Sud ma'r car yn mynd, Selwyn?'

'Grêt, achan, blydi grêt. Ddoth o i fyny rhiw Bont Newydd heno yn top ôl ddy wê.'

'O'n i'm yn gwbod bod Morris yn gneud ''Gran Turismos'',' medda fi.

'O, ma'n dibynnu sut sỳmp sy gen ti,' medda Selwyn cyn ei heglu hi oddi yno cyn gynted ag y medra fo.

Doedd gan y diawl gwirion ddim y syniad lleiaf am be roeddwn i'n siarad.

Mi roddodd o ddwrn newydd ar ei gêr-sdic, un tro, efo 'Grand Prix' wedi ei sgwennu arno fo, ac roedd y car yn gwneud cant yn hytrach na naw deg i lawr y rhiw wedyn. Yn y gaeaf, mae Selwyn yn dyheu am eira, er mwyn iddo fo gael rhoi 'town and cyntris' ar ei olwynion, a niwl, er mwyn iddo fo gael defnyddio ei bedair ffog-lamp. Pen bach ydi Selwyn.

Mi symudais i fymryn ar fy mhen i gydnabod y ffaith fy mod i wedi gweld Selwyn ac mi ddwedodd o 'su' mae', er mwyn trio bod yn glên. Roedd hi'n ugain munud wedi saith a doedd yna ddim golwg o weddill y cystadleuwyr. Mi ddois i i'r casgliad mai ffarmwrs oedd y gweddill ohonyn nhw. Mae'r rheiny'n hwyr ym mhobman a does yna ddim mwy o hid arnyn nhw na thin llo bach. Os oes yna ryw job bwysicach i'w gwneud adra ar y ransh, yna mi fedrwch chi fentro y bydd hi'n ta ta ar bawb a phopeth arall. Roeddwn i wrthi'n dwys fyfyrio ynghylch ffarmwrs ac yn rhyfeddu at y ffaith fod Duw wedi medru creu y ffashiwn sbesimens, pan ogleuais i rywbeth lot neisiach na chachu gwarthag yn dŵad o'r tu ôl i mi—a'r ogla a wnaethpwyd yn gnawd. Pwy gerddodd i mewn i'r sêt fawr, ond y ddwy chwaer—y teribyl twins—Eleri a Catrin. Dyma'r ddwy ohonyn nhw'n ploncio eu tina tanllyd ar fy llaw aswy, ond dyma Huws, mewn amrantiad, yn neidio o'i sêt—cystal â'r un jac in ddy bocs, a dechra ffyshian drostyn nhw a deud wrthyn nhw am eistedd un bob ochr i mi, mi fasa hynny'n edrych yn llawer gwell, medda fo. Chwarae teg i Huws, dyna'r symudiad gora y llwyddodd o i'w drefnu er pan ddaeth o i'r hen le 'ma, dwi'n siŵr. Dwy o bethau del gynddeiriog ydi'r twins ac mae'n siŵr eu bod nhw'n tynnu am y tri deg pump oed 'ma. Byw adra efo hen ddyn eu tad y maen nhw ac mae o'n ŵr gweddw ers blynyddoedd. Mae Eleri yn gweithio yn yr offis Dôl ac mae Catrin yn estyn a chyrraedd i Jennings dentist, yn dre. Pan ddechreuodd Catrin weithio i Jennings, roedd y ffarmwrs i gyd yn bwcio *appointments* fel tasa'r rheini yn mynd allan o ffashiwn. Fuo yna'r un o'r diawliaid ar gyfyl y lle cyn hynny. Mi ddigwyddodd yr un peth yn union pan ddaeth yna Lêdi Doctor yma ers talwm. Mi drawyd y ffarmwrs i gyd yn wael dros nos yn union fel tasa'r pla wedi cael gafael arnyn nhw ac roedd y llan 'ma'n dractors ac yn drelars ac yn land-rofyrs am gwelach chi, bob diwrnod syrjyri am fis cyfa.

Cystal i mi ddeud fod y twins 'in dimand' ar hyd ac ar led y sir, ond maen nhw'n dweud mai dynion priod efo ceir neis a lot o bres sy'n mynd â'u bryd nhw. Roedd gan y ddwy ohonyn nhw tua hannar tunnall o aur ac arian yn hongian o'u clustia rownd eu gyddfa ac ar eu garddyrna. Wn i ddim sut roeddan nhw'n medru codi eu breichia o dan bwysa'r bangyls, na wn wir Dduw. Tybad be uffarn oedd y rhein yn ei wneud yn cymryd rhan yn y gystadleuaeth? Doeddwn i erioed wedi eu gweld nhw'n cymryd rhan mewn dim byd o'r blaen. Dyna oedd yn mynd drwy fy meddwl i pan ddechreuodd y ddwy ohonyn nhw siarad yn glên efo fi. Chymerodd yr un ohonyn nhw y sylw lleiaf ohona i cyn hynny. Tydi o'n rhyfadd fel mae rhyw amgylchiada fel hyn yn tynnu pobol yn nes at ei gilydd, yn enwedig os ydyn nhw ar yr un ochr. Roeddan nhw eisiau gwybod os oeddwn i wedi cael hwyl ar ddysgu'r llyfr oherwydd roeddan nhw'n rhai sobor o sâl am ddysgu unrhyw beth, meddan nhw, a fasan nhw erioed wedi breuddwydio cymryd rhan oni bai fod Mr Hughes wedi pledio'n daer arnyn nhw. Mi ddwedais i wrthyn nhw fy mod i yn yr un cwch ond nad oeddwn i fawr o rwyfwr, felly mi fasa'n rhaid i'r tri ohonon ni wneud y gora medran ni, drwy'n gilydd, rywsut. A deud y gwir, roeddwn i wrth fy modd mai'r rhain oedd efo fi, a neb arall. Roedd o'n blydi grêt o deimlad eistedd yn y sêt fawr rhwng dwy slashar.

Y nesaf i gyrraedd y sêt fawr, oedd Elin Ann, Brythonfa, ac mi gefais i'r teimlad fod yna rywbeth yn drewi yn rhywle heblaw 'Brwsh', hynny ydi, fod yna ryw ddrwg yn y caws. Mae Elin Ann yn hen ddynas iawn ond mi ddaru Duw anghofio llenwi ei phen hi pan gafodd hi ei geni. Mae hi'n sbio'n syn ar bawb drwy'r amser a does yna ddim arlliw o wên nac o fywyd, na dim, ar ei hwyneb hi. 'Elin Ann hannar-pan' ydi ei nic-nêm hi, a hynny am ei bod hi'n deud rhyw betha hannar-pan drwy'r amser. Roedd Enid Morgan, y ddynas sy'n byw drws nesa i Elin Ann, yn arfer treulio'r nos yn nhŷ ei mam pan oedd honno'n wael iawn ar un cyfnod. Pan glywodd Elin Ann fod Enid yn disgwyl, dyma hi'n deud wrth rywun:

'Dwn i'm sut ma Enid yn medru cal babi, a hitha yn cysgu efo'i mam bob nos!'

Pan oedd John Bach yn cychwyn am y sgil-sentar yn Birmingham, dyma Elin yn ei sbotio fo yn mynd am y bỳs efo'i bacia ac yn gweiddi ar ei ôl o:

'Lle wt ti'n mynd efo'r holl fagia 'na, John bach?'

'I'r sgil-sentar yn Byrmingham,' medda John.

'Ma genna i gnithar yn Birmingham,' medda

Elin. 'Pan weli di hi, deud wrthi 'mod i'n cofio ati, 'nei di John bach, a deud wrthi eu bod nhw wedi claddu'r hen Martin Jôs, ddechra mis Rhagfyr.'

Ryw dro, mi gafodd Elin stôf newydd, cyn hynny, roedd hi'n gwneud y bwyd i gyd uwchben y tân ac yn yr hen bopty grât. Roedd Elin bron â marw eisiau cael dangos y stôf newydd i rywun, a phwy ddigwyddodd basio ond Gwladys Preis, London House.

'Bore braf, Mrs Preis,' medda Elin o'r stepan drws.

'Yndi wir, Elin, ma'n dda'i gal o.'

'Yndi. Rhy braf o lawar i neud tân heddiw, Mrs Preis.'

'Wel yndi, decini.'

'Fydd 'im raid i mi neud tân hiddiw, wchi, Mrs Preis.'

'O, felly?'

'Na fydd, dwi 'di cal sdôf. Mi ddoth hogia Cop â hi yma nithiwr.'

'O, neis iawn, dwi'n falch drosdoch chi, Elin.'

'"Inglish Lectrig" ydi hi, Mrs Preis. Ddowch chi i mewn i'w gweld hi?'

'Wel dof, jesd am funud.'

Elin yn arwain Gwladys Preis i mewn i'r gegin ac yn sefyll ryw lathan neu ddwy oddi wrth y stôf ac yn sbio arni hi yn union fel tasa hi wedi landio o Mars.

'Be dach chi'n feddwl ohoni, Mrs Preis?'

'Feri neis, Elin, jesd y peth i chi a Wil. Ma'r sdôfs 'ma'n medru bod yn betha ecspensuf iawn, wchi, ond mi fydd hon yn tshiampion i chi'ch dau.'

'Ydach chi'n meddwl y gneith hi ŵydd, Mrs Preis?' medda Elin yn syn!

Pum munud ar hugain i wyth a dim golwg am y cystadleuydd arall. Mae'n rhaid mai ffarmwr oedd o—*odds on*—syrt. Roedd Huws yn edrych ar ei wats bob yn ail â pheidio, ac roedd o wedi dechra sychu'r chwys oddi ar ei dalcen efo'i hances boced, ers tua deng munud. Roedd golwg boenus ofnadwy ar Huws. Be oedd yn mynd ymlaen? Pam yr oedd o wedi fy newis i, y bebi-dols, Selwyn GT, Elin Ann a phwy bynnag oedd y llall, i gymryd rhan yn y gystadleuaeth? Welais i ddim cystal cynulliad o mis-ffits yn fy mywyd erioed. Be uffar oedd y gêm? Dyma Huws yn codi ar ei draed ac yn dweud wrth y gynulleidfa:

'Annwyl gyfeillion, noswaith dda a chroeso. Mae'n ddrwg genna i eich cadw chi, rydach chi wedi bod yn amyneddgar iawn. Mi wn i ei bod hi'n mynd yn hwyr, gyfeillion, ond y mae yna un cys-tadleuydd ar ôl. Fedrwn ni ddim dechra hebddo fo, a does yna neb a fedr gymryd ei le. Tydw i ddim yn awyddus i ohirio. . . o. . . rhoswch am funud fach, dyma fo'n dŵad ar y gair. . . '

Wel, ffyc mi, Deleila. Pwy gerddodd i mewn i'r capal yn union fel tasa fo wedi bod ar gefn ceffyl am flwyddyn, yn dweud helô wrth bawb ac yn gwenu fel giât, ond Lewis bach. Gwas yn Hafod Uchaf ydi Lewis, a dydi'r diawl gwirion ddim hannar call. Roedd o yn ei welintons a phan gyrhaeddodd o'r sêt fawr, dyma fo'n gweiddi dros bob man:

'Feri sori 'mod i'n hwyr, Mr Huws bach. Buwch newydd ddŵad â llo, roedd o hannar ffordd allan pan gyrheiddis i'r beudy ac roedd 'na un goes ôl yn sownd. Mi fuo'n rhaid i mi ei hwffio fo yn ôl mewn, a'i dynnu o allan yr eildro. Dwi'n siŵr na wydda'r cradur bach 'ta mynd 'ta dŵad oedd o. Ro'n i ar ben fy hun bach ylwch—y dyn 'cw wedi gorfod mynd i forol am gêcs i rwla. Gymrwch chi fint impirial, Mr Huws?'

'Na, dim diolch, Lewis.'

Lewis yn troi i wynebu'r gynulleidfa.

'Gymrith 'na rywun arall un? Dowch, ma 'na ddigon yma. Diar, 'di'r hen blant 'im yma heno, nac 'dyn—rhy hwyr ma'n debyg. Dowch, newydd brynu hannar pwys yn siop Gruff rŵan, mi ddylia rhein bara tan wsnos nesa. . .'

'Steddwch yn fanna, Lewis,' medda Huws yn stowt.

Dyma Huws yn mynd ati i annerch y gynulleidfa unwaith eto.

'Wel annwyl gyfeillion, y ddafad a ddaeth i'r gorlan, ia, ha ha. Mae'n bleser gen i eich croesawu chi unwaith yn rhagor i'r gymdeithas. Fel y gwyddoch chi, dwi'n siŵr, cystadleuaeth sydd yma heno a'r llyfr gosodedig yw *O Law i Law* gan T. Rowland Hughes—llyfr gwerth chweil, ac os nad ydach chi wedi ei ddarllan o eisoes, wel, brysiwch ati hi ar unwaith, mi fedra i eich sicrhau chi y cewch chi flas mawr arno fo. Gobeithio y gwnewch chi fwynhau'r gystadleuaeth yma heno. Y mae'r cyfeillion wedi bod wrthi yn ddygn iawn yn darllen ac yn myfyrio yn ystod yr wythnosau diwethaf 'ma ac mi fedra i eich sicrhau chi fod yna wledd yn eich aros chi. Ga i glywed eich cymeradwyaeth chi, os gwelwch chi'n dda. Ga i hefyd fanteisio ar y cyfle hwn i'ch hysbysu fod yna gystadleuaeth arall i gymryd lle yma ymhen pythefnos. *Gweledigaethau'r Bardd Cwsg* gan Elllis Wynne o'r Lasynys fydd y llyfr gosodedig bryd hynny, a'r cystadleuwyr fydd Mr Williams y Coparetif, Mr Jenkins y Banc, Mrs Dorothy Bunford Jones, Mr Rhys ap Islwyn— dirprwy brifathro'r Ysgol Gynradd, Miss Meirwen Jones—neu, i roi ei henw barddol iddi hi, Meirwen y Ddôl, a Mrs Roberts, Polîs Steshon. Mi fydd y gystadleuaeth honno ychydig yn fwy uchel-ael na'r un sydd yma heno ac mi wn fod yna ddisgwyl mawr amdani hi. Croeso cynnes i chi i gyd yma, felly, bythfnos i heno. Mi ddechreuwn ni heno, drwy ofyn y cwestiwn cyntaf i Lewis Williams. . . '

Ac felly roedd ei dallt hi, ia? Cystadleuaeth i'r dwl-als oedd hon. Roedd y *big-guns* yn darllen *Gweledigaethau'r Bardd Cwsg*. Pam na fasa'r sbrych uffar wedi gofyn i ni ddarllen *Llyfr Mawr y Plant*? Mi fasa hwnnw wedi bod yn dipyn haws i'w ddarllen ac yn llawer mwy diddorol. Wel, y coc oen uffar, mae'n rhaid ei fod o'n ein defnyddio ni fel gini-pigs, oherwydd petha newydd oedd y cystadleutha llenyddol 'ma ac mae'n siŵr ei fod o'n awyddus i weld a oedden ni'n medru ymdopi efo'r fath dasg ymenyddol. Os byddai'r noson yn llwyddiant, yna mae'n debyg y bydda fo'n mynd ati wedyn i ddragio mwy o'r plebs i'r sêt fawr a'u holi nhw'n dwll efo rhyw gwestiyna gwirion. Ond roedd boio wedi gwneud camgymeriad, roedd o wedi cymryd gormod ar ei blât. Mae'n rhaid mai delfrydwr oedd Huws neu fasa fo ddim wedi breuddwydio trefnu'r ffashiwn ffiasgo.

'. . . Reit 'ta Lewis, pwy gafodd yr harmoniym?'

'Wel, roswch chi am funud fach rŵan 'ta, Mr Huws. . . yr harmoniym. . . ia. . . ym. . . dowcs, mi oedd 'na un acw ers dalwm, wchi, oedd, peth fach ddel iawn yfyd, ond i werthodd y dyn 'cw hi i ryw ŵr bonheddig o Gwm-y-glo. Gweithio yn y ffactri Ffyrnado 'na oedd o, yn Gnarfon, ond mi gym'rodd o yrli riteirment ac roedd o isho ryw hobi fach, yndê. Mi ddoth o acw i'w nôl hi efo Bedford fan fach, ond deutha'r bitsh 'im i i ewn i'r Bedford, ylwch, ac mi fuo'n rhaid iddo fo d wad acw yto'r dwrnod wedyn efo fan fwy. Ostun oedd honno os dwi'n cofio'n iawn. Dyw, dynas nobl oedd 'i wraig o yfyd, wel, wchi, dynas glên 'lly. . . '

'Ydach chi'n gwybod yr ateb, 'ta ydach chi ddim?' medda Huws.

Roeddwn i'n clywed rhai o blith y gynulleidfa'n chwerthin, ond feiddiwn i ddim edrych arnyn nhw oherwydd roeddwn i'n dal i deimlo'n reit nyrfys.

'Yr harmoniym,' medda Lewis. 'Ia, dyw, dwi'm di cal fawr o jans i stydio'r llyfr yn iawn, wchi, naddo, er mae o i'w weld yn un bach da ar y naw yfyd. Na, ma hi 'di bod fel ffair acw'n ddiweddar 'ma, wchi, yndi tawn i'n marw, rhwng pob peth. 'Di'r dyn 'cw ddim 'di bod yn hannar da chwaith. . . '

'Dwi'n meddwl y gwna i drosglwyddo'r cwestiwn i'r tîm arall,' medda Huws yn ddiamynedd. 'Catrin, am un marc bonws, fedrwch chi ddeud wrtha i pwy gafodd yr harmoniym?'

'Jim ac Ella, ia?' medda Catrin.

'Naci, naci, naci,' medda Huws gan ysgwyd ei ben. 'I festri'r capel yr aeth yr harmoniym, ar gyfer yr Ysgol Sul. Selwyn, dy gwestiwn di rŵan. Pa diwn y gofynnodd tad John Davies iddo fo ei thrio ar yr harmoniym?'

'Ym. . . y. . . tôn y botal, ia?'

'Naci Selwyn, dim Betha. . . ym Morei. . . ym Ebenez. . . wel, ddim beth bynnag ydi hi oedd hi beth bynnag. Bleddyn, wyt ti'n gwybod yr ateb?'

Roeddwn i'n digwydd bod yn gwybod yr ateb, ond os oedd y lleill mor uffernol o ddwl, pam ddiawl y dylwn i ddisgleirio?

' "Shi'l bi cyming rownd ddy mowntens." Ia Mr Huws?' medda fi.

Mwy o chwerthin yn dŵad o gefn y capal. Chymerodd Huws ddim sylw o'r hyn roeddwn i wedi ei ddeud, dim ond troi at y gynulleidfa a deud

' "Y Mochyn Du" oedd hi gyfeillion. Eich cwesttiwn chi, rŵan, Elin Ann Jones. Pwy brynodd y mangyl?'

'Y Gorila 'na, ia?'

'Perffaith gywir, Mrs Jones. Jim ac Ella. Dau bwynt i chi. Catrin, pwy gafodd y gadair olwyn?'

'Dwi'm yn cofio, Mr Huws.'

'Lewis, ydach chi'n cofio?'

'Rhoswch chi am funud bach rŵan. . . y. . . dacia. . .'

'Yn gyflym, Lewis, os gwelwch chi'n dda, allan â fo, os ydach chi'n gwybod yr ateb.'

'Ym. . . y. . . 'i rhoi hi'n bresant i'r "Darbi and Joan" ddaru o ia?'

' "DARBY AND JOAN" ?' medda Huws mewn anghrediniaeth. 'Pa "Ddarbi and Joan", yn enw'r drefn. Lle clywsoch chi sôn am "Ddarbi and Joan", yn *O Law i Law?*'

'Wel ym. . .'

'Itshiwch befo, itshiwch befo, Sam Roberts gafodd y gadair olwyn.'

Roedd Huws yn dechra colli ei limpin, roedd o'n chwys diferyd ac roedd o'n crynu i gyd fel tasa fo wedi cael maleria. Mi fentrais i gymryd cipolwg ar y gynulleidfa. Ryw dair rhes o'r ffrynt, roedd yr hen ddyn a'r hen ddynas yn eistedd a golwg ddigon poenus ar eu hwyneba nhw. Mi grwydrodd fy llygaid i reit i'r cefn a phwy oedd yn eistedd yn y fan honno, â'i gefn at bared y lobi, ond Yncl Dic yn ei gôt bostman—mae o'n gwisgo honno Sul, gŵyl a gwaith. Iesu, roeddwn i'n falch o'i weld o ac mi wnaeth hynny i mi deimlo'n llawer gwell. Roedd ganddo fo wên fawr ar draws ei wyneb ac mae'n rhaid ei fod o wrth ei fodd efo'r prosidings. Mi gefais i sioc arall wedyn wrth weld Milc Shêc, Buwch, Banjo a Sei—Sei, myn uffarn i, doeddwn i ddim wedi ei weld o ers wythnosau—yn eistedd reit

77

o flaen Yncl Dic. Mwya sydyn dyma fi'n dechra teimlo'n reit gartrefol wrth eu gweld nhw i gyd yn codi bawd arna i. Mi ddiflannodd y nyrfs ac mi benderfynais i ddweud mwy o bethau gwirion wrth Huws er mwyn codi ei wrychyn o a rhoi tipyn o sbort i'r hogia. Roedd Huws yn gofyn amdani hi ac roedd o'n haeddu popeth roedd o'n mynd i'w gael. Fy nghwestiwn i oedd y cwestiwn nesaf.

'Pwy gafodd y bwrdd?' medda Huws.

'Dic wan and nein, ia?' medda fi.

Mwy o chwerthin eto. Roedd y chwerthin yn mynd yn uwch bob tro ac roedd chwerthiniad gwirion Banjo i'w glywed uwchlaw chwerthin pawb arall.

'Dic wan and nein? Does yna'r un cyfeiriad at y ffashiwn berson yn y llyfr yma,' medda Huws gan waldio'r llyfr efo cefn ei law. 'Selwyn, wyt ti'n gwybod?'

'Nacdw.'

'Duw a'n gwaredo,' medda Huws yn dawel wrtho foi'i hun tra'n edrych i fyny ar y siling. 'Eleri, pwy gafodd y llestri te. . . y . . . naci, dwi'n meddwl y gwna i ailadrodd y cwestiwn yna. Eleri, gafodd yna unrhyw un y llestri te?'

'Do.'

'O, a pwy felly?'

'Meri Ifans.'

'Naci. Elin Ann Jones, gafodd yna unrhyw un y llestri te?'

'Do, Mr Huws, Y Gorila 'na oedd o, yndê?'

'O, y drugaredd fawr,' medd Huws a chuddio ei wyneb efo'i ddwylo—roedd o jest â chrio. 'Ydach chi ddim yn dallt?' medda fo wedyn. 'Tric cwestiyn oedd hwnna, yntê? Chafodd yna neb y llestri te oherwydd fe gadwodd John Davies nhw, yn do, a mynd â nhw efo fo i'r tŷ lojins. Ydach chi ddim yn cofio?'

Pawb yn ysgwyd eu pennau.

'Reit 'ta, mi driwn ni ychydig o gwestiynau tîm rŵan. Mae tri phen yn well nag un bob amser, yn dydi—wel, roeddwn i'n arfer â meddwl ei fod o, beth bynnag. Pawb yn barod. . . '

Y funud y dechreuodd Huws sôn am gwestiynau tîm, mi ddechreuodd y twins glosio ata i. Roeddwn i'n teimlo eu clunia nhw'n dynn yn erbyn fy nghlunia i. Roedd y ddwy ohonyn nhw'n lluchio eu gwres cystal â'r un lectrig ffeiar efo dau far arno fo ac roedd ogla eu sent nhw yn gwneud i mi deimlo'n reit chwil. Mi roddodd Catrin gefn ei llaw i orwadd ar fy nghoes i, a does dim angen i mi ddeud fod hynny wedi cael effaith ddirfawr ar fy nghoes ganol i ac mi gefais i fy nghodiad cyntaf erioed mewn sêt fawr. Mi ddechreuais i banicio wrth feddwl na fasa Duw byth yn maddau i mi ac y basa fo'n rhoi y farwol i mi yn y fan a'r lle am fod mor ddigywilydd—y sêt fawr o bob man, roedd y peth yn anfaddeuol. Ond wedyn y fo roddodd walbon i mi, ac fel y bydda'r hen Guto Ddeg Modfadd yn ei ddeud bob amser—'fy ngwialen a'm ffon a'm cysurant'. Mi ddechreuais i hel meddylia am dreulio noson mewn hotel yng nghwmni'r twins, doeddwn i ddim wedi sylweddoli fod Huws newydd ofyn cwestiwn hyd nes y cerddodd o ata i a deud,

'Wyt ti'n rhan o'r tîm yma?'

'Ym. . . yndw.'

'Fasat ti yn licio i mi ofyn y cwestiwn unwaith eto?'

'Baswn.'

'Pwy aeth â'r gadair-olwyn o dŷ John Davies i dŷ Sam Roberts?'

Doedd yr un o'r twins yn gwybod, felly mi fanteisiais inna ar fy nghyfle unwaith eto.

'Ewyrth Huw,' medda fi.

'Be ddudist ti?' medda Huws.

'Ewyrth Huw,' medda finna eto.

'Ewyrth Huw?' medda Huws wedyn. 'Ewyrth Huw? Sut yn y byd mawr y medra hwnnw fynd â'r gadair-olwyn i dŷ Sam Roberts? Mae o wedi hen farw ac wedi ei gladdu. . .'

'Falla mai'i ysbryd oedd o,' medda Lewis, gan dorri ar draws Huws. 'Mi glywch chi am ysbrydion yn gneud rhyw gastia felna weithia. Boltyrgeisd maen nhw'n eu galw nhw ac maen nhw'n gythreuliad am symud petha o un lle i'r llall rownd y rîl, ddigon â gyrru rhywun rownd y bend. Roedd 'na brogram ar y telifishon. . .'

'Taw, Lewis, 'nei di,' medda Huws yn wyllt gacwn.

Roedd hi'n dechra mynd yn 'chdi' ac yn 'chditha' rŵan.

Roedd Huws wedi dechra dawnsio a strancio yn ei unfan. Roedd y sêt fawr yn dechra troi'n disastyr eria ac rodd y mwyafrif o'r gnulleidfa yn eu dybla. Mi edrychais i draw at yr hogia ac Yncl Dic ac roedd yna ddagra mawr yn powlio i lawr eu gruddia nhw. Roedd yna hyd yn oed fymryn o wên ar wynebau'r hen ddyn a'r hen ddynas, ond feiddiais i ddim sbio yn hir arnyn nhw. Mi droiodd Huws at y tri arall, a gofyn.

'Beth oedd enw llawn Ewyrth Huw? Roedd yr enw wedi ei ysgrifennu ar ei garreg fedd o.'

'Ifan Môn,' medda Lewis ar dop ei lais.

'Reit,' medda Huws, 'dyna ddigon.' Dyma fo'n cau'r llyfr yn glep nes oedd y papura cwestiyna'n hedfan i bob cwr o'r sêt fawr. 'Mae'n amlwg,' medda fo, 'nad ydi'r cystadleuwyr wedi trwytho eu hunain yn ddigonol yn y gwaith ac nad ydyn nhw wedi cymryd y dasg a osodwyd ar eu cyfer o ddifri.

Felly wela i ddim pwrpas mewn parhau efo'r gys-tadleuaeth. Trueni hefyd, a finna wedi treulio cymaint o amser yn paratoi y cwestiyna. Gawn ni droi at yr Arglwydd mewn gweddi gyfeillion? Diolch i ti, o Dad, am fendithio rhai ohonom gyda dawn a dysg. Tosturia, o Dad nefol, dros y gweddill anffodus na chawsant yr un manteision â ni. Gad i ni obeitho, o Dad, y bydd dy oleuni dwyfol yn dis-gleirio arnynt hwy, ryw ddydd a ddaw. Gollwng ni heno, Dad, o dan dy fendith. Er mwyn Ei Enw, Amen.'

Wedi cyhoeddi'r 'Amen' dyma pawb yn dechra sgrialu o'r sêt fawr ac roeddwn inna ar fin cychwyn pan afaelodd Huws yn fy mraich i.

'Aros di funud bach,' medda fo, 'mi dwi isho gair efo chdi. Wyt ti'n medwl y medri di ddŵad i fan hyn yn jiarff i gyd a gwneud ffŵl ohona i'n gyhoeddus? Wel, wyt, ti, ym? Ond gad i mi gal deud wrthat ti, hwn ydi'r tro ola. Rwyt ti wedi cael dy gyfla ac rwyt ti wedi dyfetha pob dim. Wyt ti ddim yn deall mai trio dy helpu di oeddwn i wrth roi cyfle fel hyn i chdi? Mi wastraffais i noson gyfa wrth drio dy roi di ar ben ffordd dair wythnos yn ôl, ond paid â meddwl y cei di ddŵad acw i ofyn am help eto. Dwi wedi gorffan efo chdi, rhyngtho chdi a dy betha rŵan.'

Blydi typical. Y fi sy'n ei chael hi bob tro, y fi a neb arall. Beth am Lewis a'r gweddill? Roeddan nhw jest cyn waethad â fi. Roedd hi'n union 'run fath pan oeddwn i yn yr ysgol—y fi oedd yn cael y gansan bob tro, roedd y lleill yn medru dŵad allan ohoni rywsut neu'i gilydd. Pam ddiawl fod pawb yn pigo arna i drwy'r amser? Mi ddwedais i wrth Huws nad oeddwn i eisiau trio yn y gystadleuaeth ac mai Mam a fo ddaru gynllwynio'r holl beth. Ddwedodd o ddim byd, dim ond troi ar ei sowdwl a mynd ati i hel ei dacla. Roeddwn i'n teimlo drosto fo braidd ond roeddwn i'n ei chael hi'n anodd i gydymdeimlo efo fo oherwydd ei fod o mor hunangyfiawn ac mor fawreddog. Be ddiawl oedd yn ei feddwl o yn trefnu un gystadleuaeth i ni ac un arall i'r bobol fawr? Pam ddiawl na fasa fo wedi ein cymysgu ni, mi fasa hynny wedi gwneud lot mwy o les i bawb—os rhowch chi fwnci mewn caij efo mwncis eraill, fel mwnci y gwneith o fyhafio, ond rhowch o mewn stiwdio deledu ac mi wneith o banad o de heb fawr o drafferth. Petasa Huws yn defnyddio mymryn o synnwyr cyffredin, efallai y basa fo'n medru gwneud rhywbeth ohoni hi yn yr hen le 'ma, mae yna lot o gwyno amdano fo, meddan nhw.

Erbyn i mi adael y sêt fawr, roedd y capel yn hollol wag a doedd yna ddim golwg am yr hen ddyn na'r hen ddynas yn unlla, diolch i Dduw. Roedd Yncl Dic yn disgwyl amdana i yn y ffordd fawr a dyma fo'n rhoi ei fraich am fy ysgwydd i a deud wrtha i ei fod o wedi cael noson werth chweil. Mi aethon ni'n dau i fyny i'r Chwain ac roedd yr hogia i gyd yno yn aros amdana i. Am ryw reswm, roedd y lle dan ei sang ac fe gawsom ni 'stop-on' gan Crosbi. Ar ôl clywed am yr hwyl, roedd Dei a Huwsyn yn difaru eu henaid na fasan nhw wedi mynd i'r capal. Tua hanner nos mi afaelodd Dei yn Joci Bach am fod hwnnw wedi deud fod yna 'flewyn da ar y Welsh Nash bach', a thra oedd Joci yng nghanol yr helynt, mi yfodd Sei ei beint o a dwyn ei sigaréts o i gyd. Roedd yr hogia i gyd yn fy nghanmol i ac roedd yna sôn na fyddai Huws yma'n hir, a'i fod o am symud i borfeydd brasach. Ar fy ffordd adra, mi chwydais dros ddillad cnebrwn Yncl Jo. Pan gyrhaeddais i'r tŷ, roedd y golau ymlaen a'r hen bobol yn disgwyl amdana i yn y gegin fach. Mi ddechreuais i ddifaru, ond roedd hi'n rhy hwyr. Roedd hi'n amser i mi fynd o'r twll lle 'ma.

Nain Tyrpag

Un prynhawn o haf oedd hi, pan sylweddolais i fod Nain Tyrpag yn heneiddio, ac mi ddechreuais i deimlo'n uffernol o drist wrth sylweddoli na fasa hi'n Nain i mi am byth. Doeddwn i erioed wedi cysidro'r peth cyn hynny; roeddwn i wastad yn meddwl tra y bydda yna Dyrpag, y bydda Nain yno hefyd, ac na fedrach chi ddim gwahanu'r naill byth oddi wrth y llall—'run fath â saer a'i bensal lèd lydan. Mae yna ardd fawr y tu cefn i Tyrpag, ac wrthi yn ei thrin hi yr oedden ni'n dau y prynhawn hwnnw. Roedd Nain fel tasa hi wedi ffagio'n llwyr, a chyn bo hir, dyma hi'n gafael mewn bwcad, ei throi hi wyneb i waered ac eistedd arni hi â'i chefn tuag at y clawdd. O'r fan honno, dyma hi'n dechra rhoi ordors i mi'r un fath ag y mae cynhyrchydd ffilms yn ei wneud o'i gadair yn Hollywood—dim ond nad oedd ganddi hi ddim sigâr, sbectol haul na chap â phig, dim ond ei het fach fflat a phin hat mawr drwyddi hi. Mwya sydyn, mi ddaeth yna gwmwl mawr i guddio'r haul, ac am ychydig o eiliadau, roedd Nain yn hen, hen ddynas. Dwi'n meddwl ei bod hi wedi sylweddoli yr hyn yr oeddwn i'n ei weld oherwydd mi edrychodd hi arna i'n union fel tasa hi'n edrach ar ddieithryn ac roedd yna olwg drist iawn ar ei hwyneb hi. Mi symudodd y cwmwl ac mi oleuodd wyneb Nain a dyma hi'n dweud y basa fo'n syniad da i'r ddau ohonom ni fynd i mewn i'r tŷ am banad fach o de. Wedi i ni gyrraedd y gegin, roedd Nain yn gwenu'n braf ac mi ddechreuodd hi hwylio'r te yn union 'run fath ag yr oeddwn i wedi ei gweld hi'n ei wneud gannoedd o weithiau o'r blaen. Feddyliais i fawr ddim am y peth wedyn, ond rywsut neu'i gilydd, fuodd Nain byth cweit yr un fath ar ôl y diwrnod hwnnw. Er na ddaeth yna ddim glaw o'r cwmwl, mi lwyddodd o i daflu dŵr oer am ben y cyfan, rywsut.

Ddim un o'r ffordd yma ydi Nain, naci, mae hi'n dŵad o le o'r enw Bargoed, ac y mae hwnnw'n y Sowth. Fasach chi ddim yn medru deud yn hawdd iawn mai un o'r Sowth ydi hi chwaith oherwydd mae hi'n siarad 'run fath â ni am ei bod hi wedi bod yma mor hir, ar wahân i ryw amball air yma ac acw. Mae Nain yn deud fod Bargoed yn blydi grêt o le, efo lot o siopa a pybs a channoedd o bobol glên—lot cleniach na phobol ffordd yma, medda hi. Cofiwch chi, wn i ddim sut le sydd yno heddiw oherwydd dwi erioed wedi bod yno a dydi Nain ddim wedi bod yn ôl ers pan ddaeth hi oddi yno efo Taid ers talwm. Byw ar ffarm roedd Nain yn Bargoed. Mae hi'n un o ddeuddag o blant ond dydi hi rioed wedi gweld y mab ieuengaf. Dwi'm yn meddwl ei bod hi'n hiraethu am y lle, ond mae hi'n sôn yn aml am un chwaer a rhyw ddau neu dri o gymeriadau oedd o gwmpas y lle pan oedd hi'n ferch ifanc. Doedd yna ddim gwaith yn yr hen le 'ma ers talwm—does yna fawr yma heddiw chwaith, ac mi fuo'n rhaid i Taid godi ei bac a'i chychwn hi am y De. Dyna sut ddaru o gyfarfod Nain a dyna sut yr ydw i yma heddiw. Mi gafodd Taid job mewn pwll glo mewn lle o'r enw Bedwas, ac yn y fan honno y dechreuodd yr holl helynt. Chafodd Nain a Taid, druan ohonynt, ddim byd ond helynt a thrafferth wedyn ac mae Nain yn deud mai dim ond yn ystod y blynyddoedd diwethaf yma y mae hi wedi cael rhyw ychydig o hapusrwydd, er na fuodd hi rioed yn hollol hapus yn yr hen le 'ma ers y diwrnod cyntaf y daeth hi yma i fyw.

Cyn i Taid symud i'r De, roedd o'n arfer mynd i'r capal bob dydd Sul, a'r peth cynta wnaeth o wedi cyrraedd Bedwas, oedd ymaelodi â chapel. Un diwrnod, mi aeth yna griw o aelodau'r capal i gyfarfod mawr mewn capal arall yn Bargoed a dyna lle y gwelodd Taid Nain. Gweini yr oedd Nain bryd hynny, ar ffarm yng nghyffiniau Bargoed ac mae'n siŵr ei bod hi'n falch o gael dechrau caru oherwydd roedd ffarmwrs yr adeg hynny, 'run fath ag y maen nhw heddiw, yn gweithio eu gweision reit i lawr i'r ddaear. Chafodd Taid fawr o siawns i gael blas cyffredinol ar ferchaid y De oherwydd roedd hi'n gnebrwn coc arno fo ymhen rhyw bedwar mis wedi iddo fo ddechrau canlyn Nain. Ar ôl priodi, mi aethon nhw i fyw i dŷ bach ym Medwas—No 6, Richard's Terrace, mae Nain wastad yn enwi'r lle bob tro pan fydd hi'n sôn am Bedwas. Mi aeth pob dim yn iawn hyd nes i'r glowyr fynd ar streic yn y pwll lle roedd Taid yn gweitho. Roedd y gweithiwrs yn gwrthod mynd yn ôl i'w gwaith hyd nes y bydden nhw'n cael gwell telera, felly dyma'r blydi bobol a oedd biau'r pwll, yn eu sacio nhw i gyd a dŵad â dynion i mewn o lefydd eraill i weithio yno—sgabs mae Nain yn eu galw nhw, bastads bob un, bobol dan-din. Yn ystod y cyfnod yma, roedd Taid wedi gwneud ffrindia efo lot o hogia'r Undeb ac mi ddaru nhw ei berswadio fo i ymuno efo'r 'Communist Party'—'Plaid Gomiwnyddol' yn Gymraeg, oherwydd doedd yr hen Blaid Lafur yn da i ddim ac yn gwrthod pledio achos yr hogia a oedd ar streic. Mi fuodd Taid heb waith am fisoedd ac roedd o a'i ffrindia yn cerddad milltiroedd bob wythnos wrth chwilio am waith mewn pyllau glo eraill, ond i lle bynnag roeddan nhw'n mynd, roedd eu henwau nhw wedi cyrraedd yno o'u blaenau nhw a doedd yna neb yn fodlon rhoi start iddyn nhw oherwydd roedd ganddyn nhw ormod o ofn y basan nhw'n codi trwbwl ac yn trio cychwyn streic. Roedd pethau'n mynd o ddrwg i waeth, doedd gan Nain a Taid yr un ddima goch y delyn aur, ac i goroni'r cwbwl dyma Nain yn cael babi—Yncl Dewi, brawd hynaf Mam. Y mwya roedd Taid yn ei ddiodda, y mwya cynddeiriog roedd o'n mynd ac mi ddech-reuodd pawb a phob dim fynd ar ei nyrfs o. Roedd Nain yn poeni amdano fo'n ofnadwy, medda hi, roedd o'r un fath â darn o ddeinameit efo ffiws byr, ac roedd ganddi hi ofn y basa fo'n landio mewn trwbwl dros ei ben a'i glustia ac y basan nhw yn ei gloi o'n y jêl am weddill ei ddyddia. Un noson, mi aeth yna bedwar o flaenoriaid y capal lle roedd Taid yn aelod, i No 6, Richard's Terrace, i drio perswadio Taid i ddarllen ei Feibl yn hytrach na *The Positive Outcome of Philosophy* gan ddyn o'r enw Dietzen—mae yna gopi o'r llyfr yn Tyrpag heddiw ac mae rhywun wedi tanlinellu'r frawddeg— *A new religion is needed—the Religion of Social Democracy*. Cam-gymeriad dybryd, yn eu barn nhw, oedd ymuno efo'r Comiwnyddion; na, gweddïo'n gyson oedd yr unig ateb i'r holl broblemau ac mi fasa'r Arglwydd yn darparu ar gyfer y teulu bach, yn y man. Ond lle'r oedd yr Arglwydd? Dyna roedd Taid eisiau ei wybod. Dim jest y fo a'i fêts oedd ar streic, roedd yna filoedd ar streic ar hyd ac ar led y wlad a gwragedd a phlant ar eu cythlwng ymhob twll a chornel. Roedd yn well gan Taid gwffio dros well bywyd i'r bobol tra oeddan nhw ar y ddaear yn hyt-rach na gadael iddyn nhw ddiodda a gobeithio y basa hi'n well arnyn nhw yn y nefoedd. Roedd gan y bobol a oedd biau'r pyllau glo ddigonedd o bres, ond eto roeddan nhw yn disgwyl i bawb arall weithio am ddim a byw ar awyr iach. Mi roddodd y blaenoriaid ultimetym i Taid, os nad oedd o'n rhoi'r gorau i boetshio efo'r Comiwnyddion, yna fasa yna ddim croeso iddo fo yn y capal—hynny ydi, mi fasan nhw'n hel o oddi yno. Mi aeth Taid ar ei union at y cwpwrdd, tynnu ei gerdyn aelodaeth o'r drôr, a deud wrth y pen blaenor, neu'r pen-bandit, am ei stwffio fo cyn bellad ag yr aetha fo i fyny twll ei din. Oherwydd fod Taid wedi bod mor haerllug, dyma'r blaenoriaid yn cynnal pwyllgor arbennig ac yn penderfynu y basa'n rhaid iddyn nhw fanio Nain druan o'r capal hefyd. Roedd y gryduras fach yn uffernol o ypset ac mi fuo bron iddi hi adael Taid yr amser hynny, medda hi, ond mae hi'n falch rŵan na wnaeth hi ddim oherwydd roedd Taid yn ddyn o egwyddor, ac y mae dynion o egwyddor cyn brinnad â haul yn y North Pôl. Wrth edrych yn ôl, angylion pen ffordd a diawliaid pen pentan oedd y rhan fwya o'r blaenoriaid, medda Nain, oherwydd roeddan nhw naill ai efo job dda yn y pwll neu'n cadw siopau i'r bobol a oedd biau'r pyllau glo. Mi aeth rhagolygon y teulu bach i edrych cyn dduad â'r glo ei hun ac mi benderfynodd Taid mai eu unig obaith oedd dŵad yn ôl i'r hen le 'ma, ac felly y bu hi, ond neidio o'r badall ffrio i mewn i'r tân ddaru Taid.

Y diwrnod cyntaf y daeth Nain i'r hen le 'ma, roedd hi'n meddwl ei bod hi wedi cyrraedd twll tin y byd. Roedd hi'n piso bwrw glaw ac roedd y gwynt yn cystwyo pob carrag, llechan a chopa walltog yn ddidrugaredd. Petai hi wedi cael hannar tshans, mi fasa hi wedi troi ar ei sowdl a'i hedio hi'n ôl i'r Sowth ar ei hunion, ond roedd Taid wrth y llyw ac yn ei sicrhau hi ei fod o'n lle bendigedig pan oedd o ar ei orau. Ond wedyn, 'tydi pob man yn braf pan mae hi'n braf? Doedd teulu Taid ddim yn deall yr un gair yr oedd Nain yn ei ddeud a doedd hithau ddim yn deall fawr arnyn nhwtha chwaith. Ar ôl aros yn nhŷ Hen Nain am ychydig wythnosau, mi gawson nhw dyddyn bach ar rent ac yn y fan honno mi ddaru nhw ddechra cadw tipyn o ieir a chwîd a gwydda a ballu er mwyn trio gwneud ychydig o bres. Yn o fuan wedyn, mi gafodd Taid waith mewn chwaral. Roedd Nain yn gobeithio y basa fo'n ei sticio hi yn y fan honno am flynyddoedd lawer ac mi ddywedodd hi wrtho fo am gau ei geg yn o sownd yno. Ond wedi rhyw ddau fis o fyhafio ac o rinjan dannadd wrth weld y chwarelwyr yn cael eu camdrin, mi ecsblodiodd Taid ac mi ddechreuodd o fynd rownd y chwaral i bregethu Comiwnyddiaeth yn hytrach na gweithio, ac wrth gwrs, mi gafodd o'r sac. Roedd o'n disgwyl i'r chwarelwyr i gyd ddŵad allan ar streic i'w gefnogi o oherwydd roedd o'n teimlo'n ei galon ei fod o wedi cael ynffêr dismisal ond doedd y chwarelwyr ddim hannar mor barod i streicio â'r glowyr yn y De, medda Nain. Mi waethygodd petha unwaith eto ond roedd Nain a Taid yn dal i fagu plant fel fflamia drwy'r·cyfan i gyd ac mi gawson nhw wyth ohonyn nhw i gyd. Roedd perchennog y tyddyn yn eu howndio nhw rownd y rîl ac yn galw yno bob awr o'r dydd a'r nos jest er mwyn busnesa a chael gweld be roeddan nhw'n ei neud. Yn aml iawn, roeddan nhw'n hwyr yn talu'r rhent ac roedd o'n bygwth eu hel nhw oddi yno. Mae'n debyg y byddai'r boi wedi gadael llonydd iddyn nhw petaen nhw'r un fath â phawb arall yn yr hen le 'ma, ond doeddan nhw ddim, roeddan nhw yn be y mae bobol heddiw yn eu galw yn ecsentric. Roedd eu dull nhw o fyw yn wahanol iawn i un pawb arall; oherwydd fod Taid o gwmpas y lle bob dydd yn tincera ac yn pregethu Comiwnyddiaeth, roedd hynny a'r ffaith nad oedd yna'r un o'r ddau yn mynd ar gyfyl y capal, yn eu gwneud nhw'n bobol ryfadd iawn yng ngolwg pawb. Cofiwch chi, wnaethon nhw ddim rhwystro'r plant rhag mynd i'r capal ac y mae'r hen ddynas a dau neu dri o'i brodyr a'i chwiorydd yn mynd yno'n rheolaidd bob dydd Sul.

Pan gafodd Plaid Cymru ei sefydlu, Taid oedd y person cyntaf yn yr hen le 'ma i ymaelodi efo hi. Wnaeth o mo hynny'n dawel chwaith, na, roedd o eisiau dweud wrth bawb ac mi ddechreuodd o fynd i ganlyn y Blaid i bob man ac roedd o wastad yn uchel ei gloch ym mhob cyfarfod. Mae Nain yn dweud y gallai Taid fod wedi bod yn ddyn enwog iawn oherwydd roedd o'n ddarllenwr ac yn feddyliwr mawr, ond roedd o'n rhy fyrbwyll, medda hi, a dydi pobol fyrbwyll byth yn ei gwneud hi i'r 'top'. Os ydach chi eisiau ei gwneud hi i'r 'top', yna mae'n rhaid i chi ffalsio efo pawb a bod yn dan-din yr un pryd. Wnâi Taid ddim mo hynny, roedd o eisiau dymchwel pob peth gwael a'u hailgodi nhw'n bethau gwych dros nos. Wnâi o ddim ffalsio efo neb, doedd o ddim yn ei natur o, dim ond dweud yr hyn oedd ganddo fo ar ei feddwl yn blwmp ac yn blaen heb flewyn ar ei dafod. Ymhen rhyw bedair blynadd ar ôl dŵad yn ôl yma i fyw, mi gafodd Taid waith sefydlog ar ffarm Bryn Erw Hud. Roedd y boi a oedd biau'r ffarm yn ddyn ecsentric hefyd a dyna pam y rhoddodd o waith i Taid mae'n siŵr. Mi fuodd Taid yn gweithio yno am weddill ei ddyddiau ac roedd y ddau ohonyn nhw'n ffrindia mawr ac yn medru cydweitho'n tshiampion, er mi glywais i Yncl Dic yn dweud ryw dro nad oedd yna fawr o drefn ar y ffarm oherwydd roeddan nhw'n treulio oriau ben bwygilydd yn siarad ac yn trafod ac roedd an nhw yn tueddu i fynd i grwydro llawer ac i lymeitian hefyd, ond ddywedodd Nain rioed mo hynny. 'Draenogyn' oedd nic-nêm y ffarmwr, a hynny oherwydd ei fod o'n poetshio efo barddoniaeth ac yn sgwennu rhyw bethau pigog am bawb yn yr hen le 'ma. Doedd o ddim yn mynd i'r capal chwaith ac yn aml iawn roedd o a Taid yn gwneud mwy o waith ar y Sul na'r un diwrnod arall o'r wythnos. Roedd hynny'n bechod wrth gwrs ac roedd pawb yn eu melltithio nhw ar hyd y fan 'ma. Mi glywais rywun yn dweud fod y ddau ohonyn nhw'n mynd ati'n unswydd i hel defaid ar bnawn dydd Sul pan oedd pawb yn cychwyn am yr Ysgol Sul. Mae hi'n dawel yn yr hen le 'ma bob dydd o'r wythnos ond mae hi fel y bedd yma ar ddydd Sul ac felly roedd y ddau ohonyn nhw i'w clywed filltiroedd i ffwrdd yn diawlio ac yn galw'r cŵn yn bob enw o dan yr haul. Mi dechreuodd y mamau roddi wadin yng nghlustiau'r plant bach cyn cychwyn i'r Ysgol Sul er mwyn eu rhwystro nhw rhag clywed yr iaith warthus a oedd yn dŵad o gyfeiriad Bryn Erw Hud. Roedd y ddau ohonyn nhw yn gwneud hynny jest o ran ymyrraeth ac i godi gwrychyn y capelwrs.

Ar bnawn dydd Sul, yn ddigon rhyfadd, y bu farw Taid. Roedd o wedi mynd i garthu ac roedd y Draenogyn yn ei weld o'n o hwyr yn dŵad i'r tŷ i gael mymryn o de. Mi aeth o i chwilio amdano fo i'r beudy a dyna lle roedd Taid yn farw gelain ar wastad ei gefn yng nghanol y cachu. Mae yna wers yn y fan yna yn rhywle, dim gwers foesol—"A Duw a fendigodd y seithfed dydd, ac a'i sancteiddiodd ef: oblegid ynddo y gorffwysai oddi wrth ei holl waith. . . " a ballu, ond yn hytrach y ffaith fod Taid druan wedi bod yn y cachu ar hyd ei oes a'i fod o wedi marw reit yn ei ganol o hefyd. Chymerodd

fawr o neb mohono fo o ddifri erioed a dydi tir yr
hen le 'ma yn ddim mwy ffrwythlon wedi i draed
Taid ei fendithio fo ganwaith wrth fynd ar ei drafael
efo'i wynt yn ei ddwrn a'i genadwri fawr. Doedd
pobol ddim yn barod amdano fo a'i debyg—roedd o
o flaen ei amser. Doedd yr hen greadur ddim haws â
phregethu o gwmpas y lle 'ma oherwydd yn fan
hyn, waeth gynnyn nhw gachu mwy nag uwd ddim.
Welais i ddim o Taid erioed ond mi faswn i'n fodlon
rhoi'r byd i gyd am gael ysgwyd llaw efo fo unwaith
a chael rhyw sgwrs fach efo fo ynghylch y byd a'i
bethau, dwi'n siŵr y basa fo wedi medru dysgu
llawer iawn i mi.

Roedd Taid wedi marw yng nghanol y cachu ac
roedd o wedi gadael Nain yn y cachu. Am nad oedd
o'n ennill fawr o bres ym Mryn Erw Hud—dim ond
digon i fyw—doedd gan Nain ddim sentan rhyngddi
hi a'r wyrcws ac roedd ganddi hi wyth o blant i'w
bwydo a'u dilladu. Dwi ddim yn meddwl fod y
Draenogyn wedi trio gwneud Taid o dan ei drwyn
drwy beidio â rhoi llawer o gyflog iddo fo—'run
fath ag y mae yna lawer o ffarmwrs yn ei wneud,
dim ond oherwydd ei ddull o fyw, ac o edrych ar
fywyd, roedd hi'n amhosib iddo fo ffarmio mewn
modd proffidiol. Ar ôl i Taid farw, roedd y
Draenogyn yn galw i weld Nain yn rheolaidd a
ddaetha fo byth yno'n waglaw, roedd o wastad yn
mynd â hannar mochyn neu sachad o datws neu
rywbeth cyffelyb efo fo. Roedd Nain wedyn, yn ei
thro, yn gwnïo sanau'r Draenogyn ac yn trwsio ei
ddillad o am ddim. Mi ddechreuodd Nain gadw
mwy o anifeiliaid ar y tyddyn ac roedd hi'n arfer
cerddad am filltiroedd i werthu cywion ieir ac
wyau a ballu. Dim ond chweugain yr wythnos yr

oedd hi'n gael gan y Llywodraeth, ac felly mi fuo'n rhaid iddi hi feddwl am bob math o seidleins er mwyn trio gwneud tipyn bach mwy o bres. Roedd hi'n mynd o gwmpas y lle i helpu merchaid pan oeddan nhw'n cael babis, ac i ddiweddu'r meirwon. Y peth rhyfadd ydi, er bod Nain yn rhyw fath o owtcast yn yr hen le 'ma, roedd pobol yn ddigon bodlon iddi hi eni eu plant nhw ac i ddiweddu eu hanwyliaid nhw, ac roedd Nain yn gwneud hynny efo'r gofal mwya. Roedd hi'n medru gweithio cystal ag unrhyw ddyn pan oedd hi yn ei phreim, meddan nhw, ac roedd hi'n arfer cario'r glo a phopeth arall ar ei chefn o adwy'r ffordd i lawr i Dyddyn Maen—tua milltir a hannar o ffordd. Mae coesa Nain druan wedi mynd yn debyg i ddau fwa saeth, rŵan, oherwydd y pwysa cyson a'r cerddad ar hyd y blynyddoedd. Does genna i ddim cof o Nain yn Nhyddyn Maen, dim ond yn Tyrpag dwi'n ei chofio hi.

Mae Tyddyn Maen yn dŷ haf heddiw; mi werthodd y ffarmwr o i ryw Saeson pan gaeodd Nain y drws am y tro olaf wedi i'r plant i gyd dyfu i fyny a gadael cartra. Mae yna sein 'private' mawr o flaen y lle rŵan a weiran bigog dros bob man, ac ar adwy'r ffordd maen nhw wedi rhoi arwydd 'No Entry'. Dos gan y diawliad gwirion ddim hawl i wneud hynny, nhw na neb arall, mae'r tir a'r llwybra yn eiddo i bawb, ond yn fwy na hynny, mae hanas y lle'n perthyn i ni, ac i ni yn unig. Fuodd Nain ddim ar gyfyl y lle ar ôl mynd oddi yno am y tro olaf, roedd gweld y lle'n wag, yn rhy ypseting medda hi. Dwi'n synnu at yr yncls a'r antis 'na, na fasa yna un ohonyn nhw wedi trio prynu'r lle er mwyn ei gadw o'n y teulu, ond mi aeth y rhan fwya ohonyn nhw i ffwrdd i fyw. Dwi'n siŵr fod Nain a Taid wedi gosod rhyw fath o jinx ar y teulu i gyd oherwydd mi heglodd y mwyafrif o'u plant nhw oddi yma cyn gynted ag y medran nhw ac mae plant yr yncls a'r antis sydd wedi aros wedi gwadnu hi ers blynyddoedd hefyd. Mi ddigwyddodd yr un peth yn union i fy nwy chwaer. Mae un yn nyrs yn Hull a'r llall yn blismonas yn ochra Sheffield a does yna'r un o'r ddwy wedi bod adra ers blynyddoedd a dydyn nhw byth yn anfon 'run pwt o lythyr chwaith. Roedd yn well gan y meibion a'r merchaid a arhosodd adra fynd i fyw mewn tai cownsil yn hytrach na thrio prynu Tyddyn Maen. Mae pobol yn gwirioni'n racs ar dai cownsil, am ryw reswm neu'i gilydd, ac wn i ddim be ddiawl maen nhw'n ei weld ynddyn nhw. I mi, maen nhw'r pethau mwya hyll ar wyneb daear, ond mi wneith pobol unrhyw beth jest er mwyn cael un. Maen nhw'n gwerthu eu tai nhw eu hunain—tai cerrig da, ac yn mynd i fyw mewn bocs matsys efo corn arno fo a thalu rhent bob wythnos. Mae yna rai yn mynd cyn bellad â thrio breibio Morus Cynghorydd, er mwyn neidio'r ciw ar restr aros y cownsil. Wedi iddyn nhw gael tŷ, maen nhw eisiau ffeirio wedyn, ac maen nhw'n mynd o un lle i'r llall 'run fath â'r Israeliaid—pobol No 6, eisau symud o'r fan honno wedi papuro'r tŷ yn lled ddiweddar a phobol No 9 eisiau mynd i No 16 oherwydd fod y bobol oedd yn byw yno wedi gadael y carpedi i gyd oherwydd nad oeddan nhw'n ffitio yn y tŷ newydd. Mi fues i'n byw yn tai cownsil pan oeddwn i'n hogyn bach, ac roedd y lle'n gwneud i mi deimlo'n dipresd amser hynny. Wn i ddim pam yn iawn, ond mae'n debyg mai'r rheswm ydi oherwydd fod pob un tŷ yn union 'run fath â'r llall, ac felly mae pobol yn meddwl eich bod chi'n union 'run fath â phawb arall sy'n byw yno, ac mi rydach chi'n cael eich stampio fel "un o'r petha tai cownsil 'na". Na, mae'n lot well genna i fyw mewn tŷ cerrig, ond dyna fo, fel y dywedodd rhywun rywbryd—"ffansi mul ydi mulas".

Pan oeddwn i'n fengach, roeddwn i'n trio defnydd-io Nain Tyrpag, fel bwch dihangol yn aml iawn, yn enwedig pan fyddai'r hen ddyn yn dŵad i mewn i'r llofft ar fora dydd Sul, ac yn dweud:

'Tyd ŵan, cwyd, ma hi'n amsar mynd i' capal.'

'Dwi'n sâl.'

'Be san't ti, felly?'

'Cur yn y mhen a phoen yn 'y mol, a dwi jest â chwdu.'

'Mi fydd gen ti rwbath mwy na chur yn dy ben os na chodi di o'r gwely 'na'r funud 'ma.'

'Dwi'm isho mynd i' capal.'

'Ma'n rhaid i chdi.'

'Pam bo raid i mi?'

'Achos bo pam yn peri, achos bo fi'n deud.'

'Ond dydi Nain Tyrpag nag Yncl Dic byth yn mynd i capal.'

'Dydi Yncl Dic ddim yn gall, ma dy Nain yn wahanol. . .'

Anwir am Yncl Dic, gwir bob gair am Nain. Mae Nain Tyrpag yn wahanol, yn wahanol iawn. Bob tro pan fyddwn i'n gofyn i'r hen bobol 'pam bo Nain Tyrpag ddim yn gneud hyn' a ' pam bo Nain Tyrpag yn gneud llall', y cwbl roeddan nhw yn eu ddeud oedd 'mae gen dy Nain ei rhesyma'. Pan oeddwn i'n fach, wrth gwrs, doeddwn i ddim yn sylweddoli fod Nain yn wahanol i neb arall, ond wrth imi dyfu i fyny mi ddechreuais i sylwi ar un neu ddau o bethau a rhyfeddu'r un pryd. Yn gyntaf oll, roedd Nain yn smocio ambell i sigarèt. Fydda hi byth yn smocio yn y tŷ, dim ond pan fydda hi'n gwneud rhyw jobsys o gwmpas y lle neu pan fydda hi'n eistedd yn yr ardd ac yn cael rhyw bum munud bach. Nain Tyrpag ydi'r unig ddynas i mi ei gweld yn sgota erioed.

Roedd hi'n werth mynd i Tyrpag ers talwm os oedd hi wedi bod yn bwrw yn o arw am sbelan, jest er mwyn cael gweld Nain yn mynd drwy ei phetha. Roedd yna gynnwrf mawr yno a holi a stilio diddiwadd ynghylch maint a rhyferthwy'r lli yn yr afon. Roedd Nain ar bigau'r drain ar yr adegau hynny a bron â marw eisiau mynd i sgota. Mi fyddai'r enwair a'r tacl i gyd yn barod wrth y drws cefn ac mi fydda Nain yn fy ngyrru i'n ôl ac ymlaen i lawr at yr afon i weld be oedd cyflwr y dŵr ac i weld a oedd yna rywun yno eisoes. Ddaetha Nain ddim yn agos at yr afon hyd nes y byddai'r dŵr ar fin troi'n frown. Yr adeg honno oedd yr adeg orau i fynd i sgota oherwydd roedd y lli yn dechrau sgubo'r dorlan a phan fydda Nain yn rhoi ei phry genwair i mewn yn y dŵr, roedd y pysgodyn yn meddwl ei fod o'n cael bwyd blaen lli, roedd o'n bachu, ac yn landio yn y badall ffrio yn Tyrpag.

Mi fydda Nain yn arfer mynd i lawr am yr afon yn aml ar ambell i fin nos braf yn ystod y tymor, a fydda fo'n ddim i chi ei gweld hi'n y fan honno ynghanol rhesiad o tua hannar dwsin o ddynion wedi eu gwasgaru ar hyd y lan, yn sgota fflei a stwmp melynlliw yn ei cheg hi. Ond un o'r petha rhyfedda am Nain, oedd ei diddordeb hi mewn dal llygod mawr. Roedd hi'n arfer mynd o gwmpas ffermydd i'w dal nhw ac roedd y ffarmwrs yn talu hyn a hyn am bob un yr oedd hi'n ei lladd. Mi fydda hi'n mynd i'r tai gwair ac i'r stordai yn y pnawn, ac yn cau pob twll efo papur newydd a hen sacha i atal y llygod mawr rhag dianc. Roedd hi'n dychwelyd yno wedyn yn y nos efo lamp a ffon. Doedd Nain ddim yn defnyddio ci, dim ond y ffon fach bwrpasol yr oedd hi wedi ei chynllunio i'w siwtio hi, ffon fach debyg i ffon chware hoci efo tro bach yn ei gwaelod hi, dim ond fod yna fymryn mwy o drwch ynddi hi.

Gan mai yn y nos y mae llygod mawr yn bwydo gan amla, roedd Nain yn medru eu cornelu nhw a'u waldio nhw ar draws eu gyddfa efo'r ffon. Ar noson dda, roedd hi'n medru dal gryn ddwsin a hannar ohonyn nhw ac roedd Nain yn dipyn mwy cyfoethog yn dychwelyd i Dyddyn Maen ar yr adegau hynny. Dydi Nain ddim yn smocio nac yn sgota nac yn dal llygod mawr rŵan; mae hi wedi mynd yn rhy hen i wneud yr un o'r tri pheth, medda hi.

Wnaiff Nain ddim gwastraffu ei hamser i basio'r amser o'r dydd efo neb, wnaiff hi ddim hyd yn oed stopio i siarad. Pan oedd hi'n arfer mynd i sgota ac yn cerddad yn fân ac yn fuan efo'i genwair yn y naill law a'i bag siopa yn y llall, efallai y bydda yna rywun yn gweiddi arni hi ac yn gofyn:
'Mynd i sgota yto, Mrs Jones?'
'Yndw.'
'Os 'na ddal i fod hiddiw?'
'Wn im, ond ddalia i ddim byd ar y llan 'ma, ma hynny'n sâff i chi.'
Ac i ffwrdd â hi ffwl sbîd ahed i lawr y llan i gyfeiriad yr afon. Mi welwch chi ddwsina o hen ferchaid y lle 'ma yn sefyllian ar hyd y llan 'ma yn ystod y dydd, yn brysur wrthi'n hel sgandal ac yn lladd ar bawb a phob dim. Wnaiff Nain ddim o hynny, dim ond dweud 'bore da' 'prynhawn da' neu 'nos da'. Os bydd hi wrthi'n llnau'r rhiniog, a rhywun yn stopio i drio codi sgwrs, wnaiff Nain ddim lluchio'r clwt i'r fwcad a chymryd pum munud, na, dim ond dal ati hi i sgrwbio a sgwrio a deud rhyw amball air yn union fel tasa hi'n siarad efo hi ei hun. Ond y mae yna amball un wnaiff ddal ar Nain yn fwy na'r gweddill. Dyna ichi Dodo Puw, er enghraifft, honno ydi'r godsan fwya straellyd yn

y lle 'ma ac mi wnaiff hi drio ei gora glas i gael y mymryn lleiaf o wybodaeth allan o groen Nain. Fedar Dodo Puw ddim diodda Nain am nad ydi hi'n siarad, a fedar Nain ddim diodda Dodo Puw am fod honno'n siarad gormod. Roeddwn i'n eistedd ar silff ffenast Tyrpag un bora ac roedd Nain wrthi'n golchi'r rhiniog pan ddaeth Dodo Puw heibio. Roedd hi'n fora digon oer ond roedd yr haul yn braf ac roedd y stêm yn codi oddi ar stepan drws Tyrpag ac ogla sebon neis ar y dŵr golchi.

'Mae'n gafal, Mrs Jones,' medda Dodo.

'Tywydd tshiampion i neid tipyn o waith, chewch chi ddim gwell tywydd na hwn,' medda Nain.

'Wel biti ar y naw na fedra'r hogyn 'na gal tipyn o waith,' medda Dodo, a sbio arna i fel taswn i newydd ladd rhywun. 'Mae'n bechod gweld hogyn mawr felna'n cicio'i sodla ar hyd y fan 'ma.'

'Ar ych ffordd i dalu bil y Cop rydach chi mae'n siŵr,' medda Nain, a dyma hi'n lluchio bwcedad cyfa o ddŵr golchi cynnas i'r ffordd fawr reit o flaen traed Dodo.

Mae 'na dair gang yn yr hen le 'ma—y grîsyrs, yr hipis a'r sgins. Rhyw fath o hipi ydw i ac mae Banjo, Buwch a Sei a rheina'n perthyn i'r un criw. Mae'r grîsyrs, sef hogia Tŷ Isa a rhyw ychydig o rai eraill, a'r hipis, yn gwneud yn iawn efo'i gilydd ond mae'r sgins â'u llach ar bawb ac ar bob peth ac yn fwy tebygol o drio codi trwbwl efo chi. Wn i ddim pam eu bod nhw felly chwaith, efallai fod gan y peth rywbeth i'w wneud efo'r ffaith fod yr oerfal yn mynd i'w penna nhw ac yn effeithio ar y mymryn brêns sydd ganddyn nhw. Dim ond un peth rydach chi ei angen i fod yn hipi, sef pâr o Levis efo lot o batshis arnyn nhw; am y gweddill o'r dillad, mi wnaiff rhywbeth y tro cyn belled â'i fod o'n hen ac wedi ei wisgo'n dda. Mae'n rhaid i'r Levis fod wedi ffedio, dydyn nhw yn da i ddim pan maen nhw'n newydd ac yn las tywyll. Dwi'n cofio ryw dro roeddwn i wedi bod yn cnengian ar yr hen ddynas ers wythnosa i brynu pâr o Levis i mi. Mi gytunodd hi'n y diwedd a'r peth cynta wnes i oedd eu golchi nhw a rhoi dropyn o Ddomestos i mewn yn y dŵr efo'r powdwr golchi, er mwyn iddyn nhw ffedio. Pan welodd yr hen ddynas nhw ar y lein, mi aeth hi'n bysyrc ac mi roddodd hi waldan imi ar draws fy nghefn efo coes y brwsh bras. Dyna'r tro cynta a'r tro ola i Mam brynu pâr o Levis i mi. Wnaiff yr hen ddynas ddim gwnïo patshis ar fy Levis i, dydi hi ddim yn gweld y point o ddifetha pâr o drywsus, medda hi, a dydi hi ddim yn deall be gythraul sy ar ben pobol sydd eisiau gwneud eu hunain i edrych yn flêr drwy'r amser. Nain sydd yn gwneud y gwaith gwnïo i mi ac y mae hynny'n gyrru'r hen ddynas rownd y bend oherwydd ei bod hi'n mynd y tu ôl i'w chefn hi ac yn gwneud hwyl am ben ei hawdurdod hi. Mi aeth yr hen ddynas draw i Tyrpag ryw noson a dechrau dwrdio Nain am ei bod hi wedi bod yn gwnïo i mi, ond y cyfan ddywedodd Nain wrthi hi oedd ei bod hi wedi gofyn am lot o bethau gwirion pan oedd hi'n ifanc hefyd, a'i bod hi wedi eu cael nhw. Felly pam dyliai'r hogyn gael ei drin yn wahanol? Mi gaeodd hynny geg yr hen ddynas ond mae hi'n dal i fod yn wnynllyd iawn ynglŷn â'r mater. Un dda ydi Nain am wnïo clytia ar drowsus. Mai hi'n agor y sîms ac yn rhoi darn o hen ddenim rhyngthyn nhw er mwyn creu 'fflêrs' ac wedyn mae hi'n rhoi darn o ddefnydd lliw o gwmpas y fflêrs ac i lawr rownd gwaelod y jîns. Mae'r hogia i gyd yn genfigennus ohona i oherwydd does ganddyn nhw neb fedar wneud cystal job ar eu jîns nhw. Gan Nain Tyrpag y cefais i fy 'Great Coat'. Roeddwn i wedi bod eisiau un ers misoedd oherwydd roeddwn i wedi gweld lot o hipis go iawn yn eu gwisgo nhw, ond roeddwn i wedi methu ffeindio un oedd yn fy ffitio i. Mi ddaeth Nain acw un min nos, a dyma hi'n dweud yn fy nghlust i, rhag i neb glywed:

'Tyd acw pan gei di gyfla, ma genna i rwbath neith i'r dim i chdi.'

Pan es i draw yno, roedd y gôt yn aros amdana i ar gefn y gadair freichia. Hen gôt i Yncl Edi ydi hi ac roedd o wedi ei chael hi pan oedd o yn yr 'Air-Force' adeg rhyfal. Roedd y gôt yn ffitio fel bys i din ac mi rydw i wedi ei gwisgo hi bron bob dydd ers y diwrnod hwnnw—hyd yn oed ynghanol yr haf, mae'n rhaid i mi gael gwisgo'r gôt oherwydd mae hi jest y peth i rywun fel fi. Mae'n siŵr fod Nain wrth ei bodd am fy mod i eisiau gwisgo dillad blêr ac eisiau bod yn wahanol oherwydd ei bod hi'n wahanol ei hun, ac yn falch o hynny, ac am ei bod hi eisiau cadw'r gwahaniaeth hwnnw yn y teulu, fel 'tai.

Mae Nain Tyrpag, fel Yncl Dic, wedi bod yn gefn mawr i mi erioed ac y mae hi'n un dda iawn am wrando cwyn. Bob tro pan oeddwn i wedi cael can-san gan Ed Ed yr Hed, Prifathro'r Ysgol Gynradd, roeddwn i'n mynd ar fy union i Tyrpag ar ôl i'r gloch ganu, i ddweud fy nghwyn wrth Nain. Mi fydda hi'n mynd ati i wneud panad ac wedyn i ddiawlio Ed Ed a'i enllibio fo'n y modd mwya uffernol. Rydw i'n mynd i Tyrpag bron bob dydd i wneud rhyw joban neu ddwy i Nain fel y bo'r galw, ac mi fydda i'n mynd yno'n aml ar fin-nos i gael panad a sgwrs fach efo hi. Tueddu i sôn am yr un petha o hyd y mae Nain y dyddia yma, ond eto mi rydw i wrth fy modd yn gwrando arni hi yn ail-ddweud yr un hen straeon drosodd a throsodd—

straeon am Bedwas a straeon am Taid a'r holl galedi. Weithia, mi fydda i'n teimlo'n drist wrth wrando arni hi oherwydd dos yna ddim llawer o bobol 'run fath â Nain ar ôl yn yr hen fyd 'ma, ac ychydig iawn o bobol sydd yn dal i wneud y petha yr oedd Nain yn eu gwneud ers talwm. Mae pawb yn tueddu i fod yr un fath heddiw rywsut, does yna fawr o gymeriadau go iawn ar ôl, ac y mae hynny'n bechod; mi fydd o'n fyd tlawd iawn pan fydd Nain a'i thebyg wedi mynd i ebargofiant. Mi fydda i'n cael y teimlad wrth wrando ar Nain yn hel atgofion, ei bod hi wedi trio ei gora glas, ar un cyfnod, i ddŵad yn rhan o'r hen le 'ma, ond ei bod wedi methu oherwydd ei bod hi'n ddieithres ac oherwydd yr holl helynt gafodd hi efo Taid. Mae'n debyg ei bod hi wedi gorfod torri ei rhych ei hun wedyn, ac wedi gorfod aros ynddo fo ar hyd ei hoes. Dwi'n siŵr ei fod o'n uffarn o beth i Nain gael ei chodi o'i gwreiddia yn ystod y cyfnod hwnnw, symud yn bell i ffwrdd o'i chartra a'i chynefin, a cheisio ei ailblannu ei hun yn yr hen le 'ma, oherwydd craig sydd yn y fan hyn, a dim ond rhyw haenan dena o bridd sydd uwchben y graig honno.

Mi es draw i Tyrpag un bora ryw ychydig o wythnosau'n ôl. Roedd Nain yn stwna yn yr ardd ac roedd hi wedi cymryd yn ei phen ei bod hi'n amser i blannu tatws cynnar. Mi ddywedais i wrthi hi ei bod hi'n rhy hwyr, ond byw neu farw, roedd yn rhaid i mi fynd efo hi i'r Cop i chwilio am datws i'w plannu. Mi gytunais i, ac wedi i ni gyrraedd y Cop, dyma Nain yn waldio'r cowntar efo'i dwrn ac yn gweiddi:

'Sachad o datws hadyd, os gwelwch chi â bod yn dda, dwi wedi dod â'r hogyn efo fi ac mi wneith o eu cario nhw adre.'

'Sgenna ni ddim ar ôl, Mrs Jones bach, ma tatws hadyd wedi gorffan ers wsnosa, ma' hi'n rhy hwyr ŵan,' medda un o'r merchaid.

'Yndi?' medda Nain.

'Yndi.'

'Pam na fasach chi wedi cadw rhai i mi 'ta?'

'Fedrwn i ddim cadw rhai i chi os nad oeddach chi wedi eu hordro nhw. Ddaru chi ddim ordro nhw yn naddo cariad?'

'Naddo?'

'Naddo.'

'Dowch, Nain,' medda fi.

Ar y ffordd allan, mi ddigwyddais i droi fy mhen—mae hynny wedi mynd yn arferiad efo fi rŵan, yn enwedig pan fydda i mewn llefydd 'run fath â'r Cop, ac mi welais i un o'r merchaid ifanc yn pwyntio ei bys at ei phen, cystal â dweud fod Nain yn 'nyts'. Mi droiais i rownd i'w hwynebu hi a chodi fy nau fys arni hi. Mi roddais i fy mraich am ysgwydd Nain, ac mi aethon ni ein dau yn ôl am Tyrpag yn dow-dow. Roedd Nain yn dawel iawn ac mi gefais i'r awydd i weiddi nerth esgyrn fy mhen hyd nes y byddai pawb ar y llan yn fy nghlywed i— 'HON YDI NAIN TYRPAG, AC EITH 'NA'R UN OHONACH CHI'R FFYCARS I'W SGIDIA HI TRA Y BYDD YNA DWLL YN Y'CH TINA CHI'. Ond wnes i ddim. Ar ôl i ni gyrraedd Tyrpag, dyma fi'n gwneud panad o de i Nain a deud wrthi hi y buaswn i'n mynd i nôl pwys neu ddau o datws newydd iddi hi, y diwrnod cynta y byddan nhw yn cyrraedd y siop. Roedd Nain fel tasa hi fymryn yn hapusach wedyn.

Ar y Brwsh

Roedd yr hen ddyn a finna wrthi yn edrych ar wes-
tyrn ar y teledu yn y gegin fach un noson, pan glyw-
som ni gnoc ar y drws cefn. 'Dos yna,' medda'r hen
ddyn ar ei union. Fel yna y mae o wastad pan fydd
rhywun wrth y drws neu pan fydd y ffôn yn canu.
Aiff o byth i'w ateb ei hun, mae'r diawl yn disgwyl i
rywun arall redag yn ei le o drwy'r amser. Pan
agorais i'r drws, pwy oedd yn sefyll yno yn ei sborts
côt a bathodyn 'Buffs' mawr arni hi ond Sam
Owen, peintar. Y peth cynta ddywedodd Sam
oedd:

'Ti'n o-lew, Bleddyn?' Wedyn dyma fo'n rhedeg
ei law ar hyd panal y drws, ac yn ychwanegu: 'Ma'r
drws ma angan ei dwtshad i fyny.'

'Arglwydd, Sam,' medda fi, 'does 'na ddim
llawar ers pan ddaru chi ei beintio fo, be roesoch
chi arno fo, côt o ddistempar?'

Roedd gan Sam wên lydan ar draws ei wyneb.
Hen foi iawn ydi Sam, chewch chi ddim llawer
gwell na fo.

'Ydi hen ddyn dy dad i mewn?'

'Yndi, mae o'n watshad y westyrn.'

'Damia, dwi wedi ei cholli hi heno, noson y
"Byffs".'

'Ia, ia, dowch i mewn, Sam, mae o yn y gegin
fach.'

Mi es i â Sam drwodd i'r gegin fach a chynnig

panad a sigarèt iddo fo oherwydd dwi'n licio Sam, ond mi heliodd yr hen ddyn fi allan. Roeddwn i jest â thorri fy mol eisiau gwybod pam fod Sam wedi dŵad acw'r noson honno oherwydd fydd o byth yn galw fel rheol a dydi o ddim yn un am hel tai chwaith. Roedd Sam wedi bod yn peintio ein tŷ ni ryw ychydig o fisoedd cyn hynny, ac roeddwn i'n meddwl efallai nad oedd yr hen ddyn wedi talu iddo fo, a'i fod o wedi dŵad acw i chwilio am ei bres. Pan oedd o'n peintio tŷ ni, mi fues i'n ei helpu o a'i dri mab, Desmond, Raymond ac Osmond, bron bob dydd tra oeddan nhw acw, ac roeddwn i wrth fy modd oherwydd eu bod nhw'n hen hogia iawn ac yn uffarn o gymeriadau. Roeddwn i'n licio'r gwaith yn iawn hefyd ond fues i ddim yn peintio, dim ond sandio a llnau'r gwaith coed. Mi roddais i fy nghlust yn erbyn y drws ar ôl mynd allan o'r gegin fach, er mwyn i mi gael clywed be oedd gan Sam i'w ddweud.

'Dach chi'n o-lew, Harri Williams?' holodd Sam.

'Yndw wir, achan, a chitha?'

'O, dim achos cwyno. Ma'r tywydd 'ma fel tasa fo'n gwella rhyw fymryn.'

'O mi ddaw o rŵan, wchi Sam.'

'Daw siawns. Ydi Mrs Williams yn o-lew?'

'Yndi'n ddi-fai cofiwch, ma hi 'di mynd i'r W.I. heno. Sud ma Mrs Owen yn cadw?'

'Di hi ddim wedi bod yn rhyw ecstra'n ddiweddar 'ma.'

'Tewch â deud, dim byd mawr gobeithio.'

'Rhyw draffath efo'r bowels. . .'

Mi aeth y ddau ohonyn nhw ati i falu cachu am hydoedd. "Iesu, dowch 'laen, Sam bach, dwi'n cal cric yn 'y ngwar yn fan hyn", medda fi wrthaf fi'n hun. Wedi disgrifio symudiadau'r bowels, y lleuad a'r llanw, mi ddaeth Sam at bwrpas ei ymweliad.

'Dduda i wrthach chi be sy genna i o dan sylw, Harri. Dwi wedi cal job go fawr dros y mynydd 'na—hannar cant o dai cownsil, a mi dwi isho cychwyn arnyn nhw dydd Llun. Ma genna i lot o waith ar 'y nwylo dros y misoedd nesa 'ma a mi dwi isho cal hon allan o'r ffor cyn gynted ag y medra i. Dwi wedi estimetio y byddwn ni yno am tua dau fis, felly dydio ddim gwerth i gymryd neb ymlaen ar y cardia; fydda i ddim yn ffond iawn o neud hynny, beth bynnag, achos does 'na ddim byd ond traffath i gal efo hogia sy ar y cardia, a beth bynnag, does 'na neb yn medru gweithio'n rhyw dda iawn efo ni, wchi be dwi'n feddwl—ffamili iwnit, yntê Harri? Meddwl o'n i tybad fasa Bleddyn yn licio dŵad efo ni am dipyn i roi hand bach i ni. Mae o'n hen hogyn bach clyfar ac roedd o'n medru gneud yn iawn efo'r hogia pan oeddan ni'n peintio fan hyn i chi. Mi fasa fo'n bres bach ecstra iddo fo a fasa'm rhaid iddo fo seinio off na dim byd felly—mi ro i'i gyflog o i lawr yn erbyn brwshys a phaent a ballu. Be 'dach chi'n feddwl, Harri, 'dach chi'n meddwl y basa fo'n licio dŵad efo ni?'

'Wel tshiampion, Sam, ia wir, siort ora. Ma'n amsar iddo fo fynd i neud rwbath i rwla, falla y dysgith o rwbath efo chi. Wrandith y cena bach ddim arna i na'i fam. A cofiwch roi digonedd o waith iddo fo i'w neud, Sam. BLEDDYN. . .'

Mi es i i mewn ar fy hyll i'r gegin fach. Roeddwn i wedi ecseitio'n lân wrth feddwl fy mod i'n cael mynd i weithio efo Sam am ddau fis oherwydd roeddwn i'n gwybod y buaswn i'n cael uffar o lot o hwyl efo'r hogia.

'Ei di i roi hand i Sam Owen a'r hogia wsnos nesa?' medda'r hen ddyn.

'Iesu, gnaf. Blydi grêt. Pryd 'dach chi isho i mi ddechra, Sam? Bora dydd Llun, ia?'

'Ia, bora dydd Llun tua hannar awr wedi saith 'ma washi. Mi fasa'n well i chdi fynd i lawr y cefna a disgwyl amdana ni ar y Ffordd Groes, rhag ofn i rywun dy weld di. Mi wnawn ni dy bigo di i fyny yn fan'ny—ti'n gwybod fel ma pobol yr hen le 'ma'n siarad, a chditha ar y dôl a ballu. Fydd yna neb ddim callach pwy wyt ti dros y mynydd 'na. Mi dala i 'chdi bob nos Wenar a fydd dim rhaid i chdi weithio'n galad, dim ond gneud dipyn o llnau a san-dio a ballu. Mi bryna i ddau bâr o ofarôls i chdi yn bildars myrtshant bora fory. Pa seis wt ti dŵad?'

Roeddwn i'n methu mynd i gysgu nos Sul oher-wydd roeddwn i wedi ecseitio gymaint. Roedd meddwl am gael mynd i beintio tai cownsil efo'r hogia a chael tipyn o bres am wneud hynny, yn ogystal â'r ffaith y byddai'r hen bobol yn gorfod morol am eu bwyd eu hunain am ddau fis, yn gwneud i mi deimlo'n hapus iawn. Mi fyddai'r pres yn handi uffernol mae hynny'n sâff. Dwi wedi agor acownt yn y Post ers tro rŵan, a bob tro y bydda i'n cael rhyw geiniog neu ddwy ecstra o rywle, rydw i'n mynd â nhw yno ar fy union oherwydd dwi'n eu safio nhw ar gyfer y diwrnod pan fydda i'n mynd i ffwrdd. Yncl Dic ddywedodd wrtha i am wneud hynny; mae angen rhyw geiniog neu ddwy tu cefn i rywun pan mae o'n gadael cartref am y tro cyntaf, medda fo. Mae tri hogyn Sam yn debyg iawn i'w gilydd o ran pryd a gwedd ac o ran cymeriad hefyd. Tri o betha mawr ydyn nhw, ond y peth rhyfedda amdanyn nhw ydi eu bod nhw i gyd yn gwneud eu gwalltia'r un fath â tedi bois er bod yna flynydd-oedd rhyngthyn nhw o ran oedran. Mae Desmond a Raymond wedi priodi ond mae Osmond yn singyl 'run fath â fi. Desmond, yr hynaf, ydi'r callaf o'r tri,

ond dwi ddim yn meddwl y basa fo'n gall iawn chwaith oni bai am y ffaith mai fo fydd yn rhedag y ffyrm ryw ddiwrnod ar ôl i Sam riteirio, ac felly mae o'n gorfod bod yn shô-wiling ac yn gorfod gofalu am y ddau arall a gwneud yn siŵr nad ydyn nhw ddim yn mynd dros ben llestri pan maen nhw'n gwneud jobsys i bobol. Mae Raymond yn ddiawl o dynnwr coes a does wiw i chi ddweud dim byd wrtho fo neu mi fydd o'n tynnu'r pis allan ohonach chi am ddiwrnodia. Mae o'n gyrru cwch i'r dŵr rownd y rîl ac mae o'n giamstar ar wylltio ei dad a'i ddau frawd. Osmond ydi'r gwiriona o'r tri. Dydio ddim o bwys be ddudwch chi wrtho fo, mi wneith o ddechra chwerthin dros bob man. Mae o'n gweld rhywbeth yn ddoniol ym mhob peth mae rhywun yn ddweud, ac mae o'n achos embarasment mawr i'w dad. Pan oeddan nhw'n peintio tŷ ni, roedd o'n dechra piso chwerthin dros bob man y funud byddai'r hen ddyn yn agor ei geg ac mi ddywedodd yr hen ddyn y basai'n rheitiach i Osmond fod mewn strêt-jacet yn hytrach nag ar ben ysgol efo brwsh yn ei law. Mae Desmond tua deugain oed, Raymond tua thri-deg-saith ac Osmond yn naw ar hugain. Roeddwn i'n gwybod y buaswn i'n cael lot o hwyl efo nhw, ond feddyliais i erioed eu bod nhw mor hurt tan y bora hwnnw pan ddaru'r fan stopio yng ngwaelod y Ffordd Groes.

Roeddwn i'n panicio yn ddiawledig y bore hwnnw oherwydd doeddwn i ddim eisiau bod yn hwyr ar fy more cyntaf ond doeddwn i ddim eisiau bod yn rhy gynnar chwaith rhag ofn i rywun fy ngweld i'n sefyllian o gwmpas y lle a dechra fy holi i neu gynnig lifft i mi i rywle. Roeddwn i wedi gwisgo fy nillad bob dydd—jîns a jympyr, oherwydd fod

Sam wedi gaddo ofyrôls i mi, ac roeddwn i wedi lapio fy nghôt rownd fy mocs bwyd rhag i neb ei weld o. Roedd y diawliaid yn hwyr, roedd hi'n tynnu am wyth o'r gloch a doedd yna ddim golwg amdanyn nhw yn unlla. Doeddwn i ddim yn deall be ar wyneb y ddaear oedd yn eu cadw nhw oherwydd mae'r pedwar ohonyn nhw yn byw mewn pentra tua naw milltir i lawr y ffordd a chwta chwartar awr ydi'r siwrna honno mewn fan. Roeddwn i'n trio cuddio tu ôl i dŷ talcian Ffordd Groes, ond roedd bobol yr hen le 'ma wedi dechra dŵad allan o'u tyllau, ac yn symud fel cynrhon ar hyd y fan 'ma. Mi sbotiodd 'na un neu ddau fi ond roeddwn i'n lwcus nad petha busneslyd oeddan nhw. O'r diwedd, mi ddaeth y fan las efo 'Samuel Owen & Son, Painters & Decorators' wedi ei sgwennu ar ei hochr hi. Desmond oedd yn dreifio a dyma fo'n dweud wrtha i am neidio i mewn yn reit sydyn, ac i ffwrdd â ni. Roedd pawb yn ddigon clên ac mi ddywedodd pawb 's'mai'. Doeddwn i ddim yn disgwyl i neb ddweud rhyw lawer oherwydd ychydig iawn o siaradwrs mawr ben bora sydd yn yr hen fyd 'ma. Roedd gan Sam wên ar ei wyneb fel arfer a rôl-iwar-own yn hongian ar ei wefusa ac roedd Desmond yn mwmian canu 'Oh, oh, oh, rwy'n dy garu di, o rwy'n dy garu di, yr eneth ar lan y môr. . . ' Roedd Raymond â'i ben yn y *Sun* ac Osmond â'i ben yn y *Daily Mirror*. Ymhen rhyw bum munud, dyma Raymond yn rhoi ffling i'w bapur, ac yn dweud:

'Wel, hogia, mi fydd yna lythyr ar gowntar offis dôl bora fory, fydd yn deud—Bleddyn Williams is worcing for Samiwel Owen, pêntyr and decoretyr, ffor thyrti cwid e wîc. Samiwel is pwting his wêj down agenst matiriyls. . . '

'Cau dy geg,' medda Sam o ffrynt y fan.

'Paid â gwrando arno fo,' medda Osmond, 'ma'r

arab gwirion yn egstrimli mentali insên.'

Wedyn, dyma fo'n dechrau chwerthin dros bob man. Mi fuodd pawb yn dawel am sbelan wedyn nes i Raymond ailgychwyn arni hi:

'Oedda chdi'n gweld ni'n hwyr bora 'ma, Blewyn?' medda fo.

'Nag o'n', medda fi—doeddwn i ddim eisiau troi'r drol ar fy more cyntaf.

'Wel mi dduda i wrtha chdi pam oeddan ni'n hwyr. Ar Samiwel roedd y bai. Roedd y diawl gwirion wedi bod ar y cwrw yto nithiwr a phan aethon ni i'w nôl o bora 'ma, roedd o'n chwdu ar hyd y lle yn y gegin gefn a Mam druan yn wael yn ei gwely'n llofft. Mae o'n alci ers blynyddoedd, 'sdi, mae o 'di yfad pres y ffyrm i gyd ac wedi'u piso nhw i lawr draen y bogs yn y Jorj. . .'

'Be s'an ti bora 'ma'r pennog gwirion?' medda Desmond, 'os na cheui di dy geg, mi stopia i'r fan 'ma rŵan boi ac mi gei di gerddad adra ôl ddy wê. Roith 'na neb liffd i chdi achos ma nhw'n gwybod amdana chdi'n iawn ac ma nhw'n gwybod y basa chdi'n mwdro'u penna nhw.'

Wedi i ni gyrraedd y tai cownsil, roedd yna lot o hen ferchaid yn sefyll ar stepia drws eu tai ac yn sbio arnon ni'n dadlwytho'r ystolion. Mae'n rhaid fod y diawliaid yn ein disgwyl ni yno y diwrnod hwnnw ac yn edrych ymlaen yn arw at gael peintio eu tai. Mi ddaeth yna rai aton ni i holi pa liw roedden ni am ei ddefnyddio. Roedd Sam yn trio dal pen rheswm efo nhw tra oedd Osmond yn gweiddi 'Boi Black', 'Setyr Red', 'Botyl Blw', 'Eliffant Wheit' ac yn chwerthin fel ffŵl. Mi aeth Sam am dro rownd y tai, ac mi ofynnais i i Desmond lle'r oedden ni'n mynd i gychwyn, a dyma fo'n dweud:

'Glywaist ti am yr hen ffarmwr 'nw a'i was yn mynd i hel cerrig i' cae?'

'Naddo,' medda fi.

'Mi ofynnodd y gwas iddo fo lle'r oedd o isho fo ddechra, cos oedd 'na filoedd o ffwcin cerrig yn y cae, a dyma'r ffarmwr yn deud: "Dechra wrth dy draed, washi!" Da ninna yn dechra reit yn y dechra yfyd—nymbar wan, Blewyn bach, nymbar wan.'

Mi ddechreuodd y tri ohonyn nhw biso chwerthin am fy mhen i wedyn. Doeddwn i ddim yn gweld dim yn ddoniol iawn yn yr hyn roedd Desmond wedi ei ddweud, ond roeddan nhw'n cael modd i fyw. Roeddan nhw'n ddigon gwirion pan oeddan nhw'n peintio tŷ ni ond roeddan nhw fel tasan nhw'n wirionach yn y tai cownsil.Roeddwn i'n cael y teimlad fod yna gambihafio go arw yn mynd i fod yn ystod yr wyth wythnos nesaf, yn enwedig os oedd y rhain cyn wirionad â hyn am naw o'r gloch ar fore dydd Llun. Roedd y tri ohonyn nhw yn dal i weryru chwerthin pan ddaeth Sam yn ôl o'i drafaels, ac mi wylltiodd o a dweud wrthyn nhw am gŵlio i lawr a byhafio. Hon oedd ei job fawr gyntaf o i'r cownsil, medda fo, ac felly doedd o ddim eisiau cael enw drwg a difetha pob dim. Mi aeth Sam i gnocio drws nymbar wan a gofyn i ryw hogan a'i mam fasan ni'n cael cadw'r paent a ballu yn y shed a chael dŵr poeth i wneud panad dair gwaith yn y dydd. Mi gytunodd y ddwy ac mi ddaru ninnau ddechrau cario'r stwff i mewn i'r shed. Tra oeddan ni wrthi, roedd Raymond yn dweud y basa fo wrth ei fodd yn cael 'thri in a bed' efo'r fam a'i merch, ac roedd Desmond yn dweud wrtho fo am gau ei geg a chofio'r hyn yr oedd ei dad o newydd ei ddweud wrtho fo. Mi aeth pawb ati i weithio wedyn ac mi roddodd Sam sgrepar, brwsh dystio, bloc o bren a sand pêpyr i mi a dweud wrtha i am ddechra crafu a

llnau'r gwaith coed ar y ffenestri wrth fy mhwysa.
Doedd dim angen i mi wneud gormod, medda fo,
oherwydd mi fasa hi'n cymryd rhai diwrnodiau i mi
ddŵad i'r swing.

Tua deng munud i ddeg, dyma Sam yn gweiddi
arna i a dweud wrtha i am fynd i ofyn i'r ddynas
fasa hi'n meindio berwi'r teciall. Mi wnes i, ac am
ddeg o'r gloch, dyma'r pump ohonon ni'n eistedd
wrth y drws cefn a chael panad a rhyw frechdan neu
ddwy. Roedd panad a'r frechdan yn dda oherwydd
doeddwn i ddim wedi bwyta dim byd ers saith yn y
bore ac roeddwn i'n teimlo'n reit nacyrd ar ôl awr o
waith. Tra oedden ni'n eistedd yn y fan honno, mi
ddaeth yr hogan at y stepan drws, ac mi sylwedd-
olais i'n syth fod yna rywbeth bach yn simpl ynddi
hi. Roedd hi tua deuddeg ar hugain oed, ar y dôl, a
rioed wedi gweithio diwrnod yn ei bywyd yn ôl yr
hyn yr oedden ni yn ei gael ar ddeall. Angela oedd ei
henw hi, a thra oedden ni'n sgwrsio efo hi, mi
sylweddolodd Desmond, Raymond ac Osmond ei
bod hi dipyn bach yn tytshd, hefyd, oherwydd
roedd hi'n siarad yn glên fel melin bupur, yna'n
stopio a rhoi rhyw chwerthiniad bach hannar call,
cyn rhedag yn ôl i'r tŷ a dŵad yn ei hôl wedyn i
ailddechra sgwrsio. Mi fanteisiodd yr hogia ar eu
cyfle, a dechra gofyn cwestiyna gwirion iddi hi:
     'Da chi'n licio Hogia Llandegái?' medda Desmond
     'Nacdw, ha ha ha.'
     'Da chi'n licio Emfa Crîm 'ta' medda Raymond.
     'Ych nacdw.'
     Tro Osmond oedd hi rŵan, a dyma fo'n gofyn:
     'Da chi'n licio Enjyl's Dileit, 'ta?'
     Pan oedd Osmond yn gofyn y cwestiwn, roedd
Sam newydd gymryd llowciad o de poeth, ac mi
chwydodd o'r cyfan allan am ben ei ofarôls gwyn

glân. Dyma'r pump ohonon ni'n dechrau chwerthin fel petha wedi myllio. Doedd yna ddim yn ddoniol iawn yn yr hyn yr oedd Osmond wedi ei ofyn, dim ond y ffordd yr oedd o wedi ei ddweud o oedd yn gwneud i bawb chwerthin a hurtni'r sefyllfa oherwydd doedd yna'r un ohonon ni wedi cyfarfod yr hogan o'r blaen, ond eto roedden ni yn ei bombardio hi efo bob math o gwestiyna gwirion.

Mi fues i'n gweithio'n galed drwy'r dydd ac roeddwn i'n edrych ymlaen yn arw at gael mynd adra oherwydd roeddwn i wedi blino'n uffernol. Roedd yr hen bobol yn glên iawn efo fi y noson honno. Mae'n siŵr eu bod nhw'n falch am fy mod i wedi gwneud diwrnod o waith am y tro cyntaf ers blynyddoedd—doedd o ddim o bwys ganddyn nhw fy mod i'n gweithio ar y dôl er eu bod nhw wedi lladd ar ddwsina o rai eraill o'r hen le 'ma sydd ar y ffidl. Roedd yr hen ddynas wedi gwneud dwy borc tshiop i mi ac mi gefais i bwdin canol wythnos am y tro cyntaf ers tua dwy flynedd. Mi es i i'r Chwain y noson honno ac roedd yna well blas ar y cwrw ar ôl gwneud diwrnod o waith. Roeddwn i wrth fy modd yn dweud y storis wrth yr hogia, ond yn eu warnio nhw ar yr un pryd i beidio â dweud wrth neb rhag ofn i mi gael copsan. Sandio fues i bob dydd yn ystod yr wythnos gyntaf. Job ddigon boring ac undonog oedd hi yn y bôn. Bob tro yr oedd Sam o'r golwg, roedd Desmond yn dweud wrtha i am dynnu fy mys allan o 'nhin, a gwneud tipyn mwy o waith. Roedd o'n disgwyl i mi sandio'r gwaith coed ar ddau dŷ mewn diwrnod, medda fo, neu fuaswn i ddim yn gwneud gwerth fy mhres. Doeddwn i ddim yn siŵr oedd o o ddifri ai peidio, ond roedd hynny a'r sandio diddiwadd yn codi'r felan arna i. Yr hwyl efo'r hogia oedd y peth gorau am y job—ar wahân i hynny, efallai y buaswn i wedi ei jacio hi oherwydd roedd y tai cownsil yn gwneud i mi deimlo'n dip-resd ar adegau. Roedd yna le uffernol yno a phob math o Dwm, Dic a Harri yn byw yn y blydi dymp. Roedd yno ambell i dŷ fel cwt mochyn, ac roedd yna ddau neu dri o nytars yn cerddad yn rhydd o gwmpas y lle nad oeddan nhw ddim ffit i fod allan o'r seilam. Roedd yna ddynion yn dŵad allan o'r pybs am dri o'r gloch y prynhawn, yn pisd allan o'u pennau ac yn gweiddi abiws arna ni ac ar eu gwragedd a'u plant, ac roedd y copars neu'r beliffs yn cnocio drws rhywun neu'i gilydd bron bob dydd o'r wythnos. Roedd yna ddwsina o blant yn aros adra o'r ysgol ac roedd y cnafon bach yn ein pestro ni drwy'r dydd. Roedd yna fabis yn sgrechian, merchaid yn gweiddi, ac ambell i dŷ yn drewi o ogla piso stêl. Doedd o'n ddim i chi weld tua dwsin a hannar o ferchaid ar ambell i fora, yn eu dresing gowns mewn un gegin fach, yn yfad coffi a sieri ac yn smocio cannoedd o sigaréts rhyngthyn nhw. Roedd y lle'r un fath â'r Black Hole of Calcutta, a fuaswn i ddim yn byw yno am ffortiwn. Yn ystod yr ail wythnos, dyma Sam yn dweud wrth Raymond am fy nysgu i sut i beintio, ac y basa fo'n syniad da i mi bractishio ar y shedia, a dyna pryd dechreuodd yr hwyl o ddifri.

Doedd yna 'run funud o'r diwrnod yn mynd heibio pan nad oedd Raymond naill ai'n dweud rhywbeth hurt wrtha i neu wrth rywur arall. Un bora, roedd o ac Osmond a finna wrthi'n peintio shedia rhyw ddynas, pan ddaeth honno allan i gynnig panad o de i ni ein tri. Roedd Raymond wedi bod yn ail-ddweud pethau hurt drosodd a throsodd, drwy'r bora, petha fel 'sêf e matsh and byi e Fford', 'leit ddy ffeiyr of myi disyir', 'ai beg iôr pardyn, ai nefyr shagd iw in a rôs gardyn', a phan ddaeth y ddynas â'r paneidiau i ni, dyma fo'n pwyntio ata i ac yn gofyn iddi hi:

'Da chi'n nabod yr hogyn 'ma, Musus?'

'Nacdw cofiwch, dwi'm yn meddwl 'mod i rioed wedi ei weld o o'r blaen.'

'Ma'n siŵr bo chi 'di clywad sôn am 'i dad o. Harri Williams.'

'Harri Williams?'

'Ia, Harri Williams y bardd enwog.'

'Na, chlywais i rioed amdano fo cofiwch, feri sori.'

'Ma'n siŵr bo chi 'di clywad amdano fo. Mae o wedi sgwennu cannoedd o englynion ac wedi ennill yn yr hen steddfoda 'ma i gyd. Y fo sgwennodd y llinall anfarwol honno, Musus.'

'Pa un 'di honno 'dwch?'

''Llong ar y môr a bobol yn gweithio'n y gwaith,'' medda Raymond cyn dechra chwerthin. Roedd y ddynas druan yn sbio'n hurt arno fo ac mi ddechreuodd Osmond a finna fynd i sterics. Doedd yna'r un ohonon ni'n dau yn medru cael ein gwynt, ac roedd Raymond yn bloeddio chwerthin yn uchel. Mi aeth Osmond i chwerthin cyn gymaint nes ei fod o'n rowlio ar hyd y llawr concrit o flaen y shedia, ac i wneud pethau'n waeth, dyma'r ddynas yn gofyn yn ddifrifol:

'Be sy ar yr hogyn bach 'ma, ydi o'n iawn 'dwch?'

'Ma'r diawl yn cal ffitia,' medda Raymond, 'dydi o ddim ffit i fod ar y seit 'ma, ddylia fod 'run o'i draed o yma. Newydd ddŵad allan o Dimbach mae o, wchi Musus.'

Roedden ni'n peintio rhesiad o dai ar y tro, ac wedyn yn symud y gêr a'r tacla i'r rhesiad nesaf bob tro er mwyn iddyn nhw fod wrth law. Pan oedden ni'n symud, roedd yna ryw gryduras arall yn gorfod morol am banad i ni, ac yn gorfod rhoi i fyny efo'r hogia yn tynnu ei choes hi. Roedd yna amball un yn gwylltio ond roedd y rhan fwyaf ohonyn nhw yn hen ferchaid clyfar, ac yn medru cymryd y peth mewn hwylia da. Roedd bob un ohonyn nhw yn dweud wrthon ni am fod ar y lwc-owt wedi i ni gyrraedd tŷ Martha Furlong oherwydd mi fasa honno yn ein cystwyo ni petaen ni'n gwneud y peth lleiaf i'w hypsetio hi. Roedden ni wedi gweld y Martha Furlong 'ma yn pasio droeon—pladras o ddynas fawr galad, ac roedden ni wedi profi mymryn o flas ei thafod hi wrth iddi hi weiddi arnon ni o'r stryd a dweud wrthon ni y basa'n well i ni wneud job dda ar ei thŷ hi neu mi fasa hi'n rhoi ffon ar ein cefna ni i gyd. Roedd gan Sam druan fwy o ofn Martha na'r gweddill ohonon ni, dwi'n meddwl. Pan oedden ni yn peintio'r tŷ drws nesaf ond un iddi hi, roedd hi'n gweiddi arnon ni drwy'r dydd ac yn ein bygwth:

'Pryd 'dach chi'n dŵad i fan hyn, y diawliad? Ma'n hwyr bryd i chi ddŵad yma rŵan, 'dach chi 'di bod yn dal ar ych tina i lawr yn y gwaelodion na'n do, diawliaid diog yfyd. Arglwydd Grist o'r madda, ma 'na betha di-ddim yn y byd 'ma, blydi peintars, roedd rheini fuodd yma tro dwetha fel moch, gadal sblashis paent ar hyd y fan 'ma yn bob man. Eith 'na'r un o'ch traed chi o fan hyn hyd nes y byddwch chi wedi llnau ar ych hola, dach chi'n 'y nghlywad i, dach chi'n dalld, a pheidiwch â chwerthin ne mi leinia i bob un wan jac ohonoch chi, dwi'n ych warnio chi rŵan. . .'

Roedd Sam wedi mynd i deimlo'n reit sâl. Roedd rhai o'r merchaid wedi dweud wtho fo fod Martha wedi hannar lladd ei gŵr am ei bod hi yn ei gweirio fo dragwyddol, a bod yr hen gradur wedi mynd i'w fedd yn ddyn cymharol ifanc. Ar y diwrnod canlynol, dyma fo'n gyrru Raymond a finna yno i beintio'r shedia ac i dorri'r ias. Y funud roedden ni'n cyrraedd yno, roedd hi wrth ein sodla ni ac yn gweiddi ordors 'run fath â Sarjant Mejor. Chymerodd Raymond fawr o sylw ohoni hi, ac ymhen rhyw chwarter awr, dyma fo'n gofyn iddi hi:

"Dach chi'n nabod Dic Aberdaron, Musus?'

'Nacdw i, pwy ydio?'

'Mae o'n byw i lawr y ffor 'na yn fanna, mae o'n cerddad ar hyd y fan 'ma efo un goes o flaen y llall.'

'Am be 'dach chi'n gyboli, dwch?'

'Duw, ma'n siŵr boch chi'n 'i nabod o, roedd 'i nain o'n blisman yn Garn ers dalwm.'

'Nacdw, dwi'm yn 'i nabod o, a beth bynnag, ddim un o ffor hyn ydw i, o Benmachno dwi'n dŵad.'

'Duw, Penmachno, Musus? Ma nhw wedi cal lan y môr yn fanno rŵan yn dydyn?'

'Dwi'm yn gwbod, ond doedd o ddim yna diwrnod o'r blaen achos ron i yno'n rhoi bloda ar fedd 'y ngŵr.'

Mi fuo'n rhaid i mi ei heglu hi oddi yno ar fy union ac mi gymerodd hi ryw hannar awr i mi ddŵad ataf fi'n hun.

Un prynhawn, roedd y pump ohonon ni'n peintio dau dŷ, pan ddaeth yna gawod o law go drom. Dyma yna ryw ddynas yn agor y drws tua thri thŷ i lawr y ffordd ac yn gweiddi arnon ni i fynd mewn am banad ac i fochal o'r glaw. Roedd hi tua thrigian oed, ac yn gwisgo barclod fras rownd ei chanol nobyl, a phâr o welintyns am ei thraed. Mi roeson ni'r potia paent yn y cysgod, ac i ffwrdd â ni am banad. Wedi i ni fynd mewn dros y trothwy, mi welais i un o'r petha rhyfedda a welais i yn fy mywyd erioed. Roedd hi'n amlwg mai gwraig ffarm oedd hon—hynny ydi, gwraig ffarm hen ffashiwn go iawn, dim fel y ffarmwrs 'ma heddiw sy'n cael eu llefrith wedi ei ddilifrio at adwy'r ffordd ac sy'n mynd i'r siop i brynu eu llysia, eu menyn a'u bara a phob peth arall. Mae'n debyg ei bod hi wedi gadael y ffarm i un o'i theulu, ac wedi symud i'r tŷ cownsil, ond roedd yr hen gryduras wedi dŵad â'r ffarm efo hi ac mi gefais i'r teimlad fy mod i wedi cerddad reit i mewn i'r ganrif ddiwethaf. Roedd yno setl fawr yn erbyn un parad, cwpwrdd tridarn, dresal yn llawn o biwtar a phlatia dyf-têl— pob math o geriach, ac roedd yna fuddai gnoc ar lawr y gegin gefn. Roedd yno frasys wrth y can-noedd a'r rheiny i gyd yn sgleinio fel syllta newydd, ffyn bugail, gêr ceffyla ar hyd y waliau ym mhob man, ac i goroni'r cyfan, roedd yno fymryn o ogla ffarm yn gymysg efo pob dim ac yn rhoi rhyw awyrgylch cartrefol i'r lle. Mi ddisgynnais i mewn cariad efo'r hen wreigan ar fy union oherwydd roedd yna rywbeth yn drist iawn yn y sefyllfa. Roedd yr hen dlawd wedi dŵad â'r petha tlws yma i gyd efo hi i ryw gwt cachu o dŷ cownsil. Ond wrth gwrs, dechra cymryd y pis ddaru'r hogia, doeddan nhw ddim ddigon sensitif i synhwyro'r trueni, ac i gydymdeimlo efo hi. Raymond, y pen sglefr, agorodd ei geg gyntaf:

'Arglwydd mawr, Musus fach,' medda fo, 'ma hi'r un fath â Sain Ffagan yn fan hyn, ma'r lle 'ma'n llawn o antîcs, mi fasa chi'n cal ffortiwn fach am rhein yn Ball and Boyd, Llandudno.'

'Cau dy geg y lembo gwirion,' medda Sam wrth Raymond, 'a'r ddynas fach 'ma yn gneud panad i chdi o waelod 'i chalon.' Roedd Sam, Raymond, Osmond a finna, yn eistedd ar y setl ac roedd Desmond yn eistedd yn y gadair freichia o flaen tanllwyth o dân. Mi ddechreuodd pawb giglo ar ôl i

Osmond ddweud fod yna flas ffarm ar y banad. Roedd Desmond yn tynnu bob math o stumiau efo'i wynab ac roedd hi'n amlwg ei fod o jest â marw eisiau dweud rhywbeth gwirion a'i fod o'n hannar lladd ei hun wrth drio atal y geiriau rhag dŵad allan o'i geg. Mi fethodd o â dal yn hir a dyma fo'n dweud:

'Ma hi'n amsar teilo, Musus, ma 'na doman fawr o gachu wrth y drws cefn 'na.'

Roedd Sam ar ganol gwneud rôl-iwar-own pan ddechreuodd o chwerthin. Roedd o'n balanshio'r banad de rhwng ei goesa ond mi dywalltwyd honno ac mi fflydodd ei dùn baco fo. Roedd pawb yn piso chwerthin ac roedd Osmond â'i ben rhwng ei goesau yn cwffio am ei wynt. Mi ddaru ni ei sgrialu hi oddi yno ond fedra Osmond ddim symud o'i unfan ar y setl ac mi fuo'n rhaid i ni ei adael o yno a'r hen wraig yn gwenu arno fo. Pan oedden ni ar ein ffordd allan, dyma hi'n gofyn i ni fasan ni'n licio mynd i orffen ein paneidiau, wedi i ni ddŵad at ein coed. Chwarae teg iddi hi, wedi arfer efo rhyw hen ffarmwrs gwirion yn chwerthin am rywbeth rownd y rîl. Wedi i bawb sadio rhyw fymryn, dyma Sam yn ein warnio ni nad oedden ni i fynd i dŷ neb i gael panad ar ôl y diwrnod hwnnw—doeddan ni ddim ffit i fynd i mewn i dŷ neb gwaraidd, medda fo.

Roedd pethau'n mynd yn reit dda cyn bellad ag roedd y gwaith yn y cwestiwn, ac roedden ni ahéd-of-sgejiwl, yn ôl Sam. Roeddwn i wrth fy modd wedi cael dechrau peintio. Roedd hi'n job ddifyrrach na sandio ac roedd rhywun yn medru gweld ôl ei waith. Doeddwn i ddim yn gloshio, dim ond preimio ac yndyr-côtio, ond un diwrnod, dyma Raymond yn dweud wrtha i am drio gloshio drysau cwt un tŷ ac mi wnes i. Roeddwn i'n meddwl fy mod i wedi gwneud job reit dda ond wyddwn i ddim mai drysau shed hen beintar a oedd wedi riteirio oeddan nhw. Y cwbl wnes i oedd slashio'r glòs ymlaen yn union 'run fath ag yr oeddwn i yn ei wneud efo'r yndyr-côt. Wyddwn i ddim fod angen tynnu'r paent yn stiff er mwyn ei nadu o rhag diferyd. Roedd Raymond wedi fy ngadael i yno ar fy mhen fy hun, a phan ddaeth hi'n bump o'r gloch, mi roddais i'r caead ar y tùn glòs, a'i gwneud hi am y fan. Ar y ffordd adra, roedd Raymond yn fy holi'n ddistaw bach ynglŷn â sut hwyl yr oeddwn i wedi ei gael efo'r glòs. Mi ddywedais i wrtho fo nad oeddwn i'n fawr o giamstar arni, ond fy mod i wedi gwneud job reit deidi ohoni hi. Feddyliais i ddim am y peth wedyn, ond pan oedden ni'n cyrraedd y tai cownsil y bore wedyn, roedd y riteiyrd peintar yn martshio i'n cyfarfod ni, ac roedd yna olwg wyllt uffernol arno fo. Mi agorodd Sam ddrws y fan a gofyn iddo fo:

'Sut ydach chi bora 'ma, Arnold Preis? Ma hi'n fora braf.'

'Braf o ddiawl,' medda cono, 'be uffarn odd ar ych pen chi yn gyrru'r hogyn 'na i gloshio drysa fy shedia i, a, ym? Ma'r glòs wedi rhedag i bob man ac roedd o'n llynnoedd gwydda o dan y drysa pan ddois i adra nithwr.'

Wyddai Sam ddim byd am y peth, ac roedd Raymond yn gorwedd ar wastad ei gefn yng nghanol y potia paent yng nghefn y fan, ac roedd o'n chwerthin cymaint nes bod y fan yn siglo fel crud. Mi ddywedodd Sam wrtha i am beidio â thwtshiad yn glòs byth eto ac mi roddodd o a Desmond uffarn o folocing i Raymond.

Pan oedden ni dri chwarter ffordd drwy beintio'r holl dai, mi gefais i'r teimlad fod yna storm ar y gorwel oherwydd roedd pawb wedi dechrau laru ar y lle ac roedd yr hogia a'u tad yn pigo ar ei gilydd drwy'r dydd. Yn aml iawn, ar y ffordd adra yn y fan fin nos, roeddan nhw'n tynnu ar ei gilydd yn ddi-drugaredd. Un noson dyma Raymond yn gofyn i Osmond:

'Chdi rechodd rŵan, Osmond?'

'Naci, pis off.'

'Ia, y chdi oedd o, y sglyfath bach budur.'

'Caewch hi, chi'ch dau,' medda Desmond.

'Cynta glyw, hwnnw yw,' medda Osmond.

'Ail ddyfaru, hwnnw ddaru,' medda Raymond.

'Chdi oedd o. '

'Naci, chdi. . . '

Mi ddechreuodd y ddau waldio ei gilydd wedyn ac mi fuo'n rhaid i Desmond stopio'r fan a thrio eu cŵlio nhw i lawr. Dro arall, roedd Desmond wrthi'n dreifio, ac yn canu 'Ddoi di'm yn ôl i Gymru, ddoi di'm yn ôl i'r hen wlad, ddoi di'm yn ôl at dy frawd a dy chwaer, a beth am dy fam a dy dad, wow wow wow. . . ,' pan ddywedodd Raymond:

'Do'r gora i'r canu gwirion 'na, wt ti rîli yn mynd ar 'y nhit i, chdi â dy ffwcin canu gwirion rownd y rîl.'

'Dim 'y mai i ydi bod Anna Mari wedi gwrthod i chdi gal dy goes drosodd ers misoedd achos bod chdi'n mynd ar ei nyrfs hi,' medda Desmond.

Mi ddechreuodd Osmond a finna chwerthin ac mi luchiodd Raymond ei hun at sêt y dreifar a phlannu ei ddwylo rownd gwddw Desmond a thrio ei dagu o. Roedd Sam druan yn trio hel Raymond i ffwrdd ac roedd y fan yn mynd allan o contrôl. Mi lwyddodd Desmond i stopio'r fan, ac mi aeth pawb allan a dechra lluchio dyrna at ei gilydd. Roedd y traffig yn arafu a phobol yn rhythu arnon ni; mae'n siŵr na welson nhw olygfa ryfeddach ar ochr ffordd fawr yn eu bywyda o'r blaen.

Roedd Raymond wedi dechra mynd ar fy nyrfs i'n go iawn. Roedd o'n gofyn petha gwirion i mi drwy'r dydd, petha fel 'pryd gest ti damad ddwytha?' 'Wt ti'n beisecshiwal?' 'Faint ddoi di pan wt ti'n halio, ddoi di lond ecob?' Petha felna drwy'r dydd, ddigon â gyrru rhywun yn fynach. Roeddwn i eisiau cwffio efo fo ond roedd y diawl yn lot mwy na fi ac roeddwn i'n gwybod y basa fo'n medru rhoi cweir i mi yn ddigon hawdd. I wneud pethau'n waeth, roedd o'n cerdded i fyny ata i'n aml ac yn dweud— 'Doro frechdan bump i mi yn 'y ngwynab, dwi'n gaddo 'na i ddim dy hitio di'n ôl, jest tria roid un i mi, i weld a fedri di.' Be wnewch chi efo dyn felna, dwi'n gofyn i chi? Ond mi roedd genna i un gyfrinach oedd a wnelo â Raymond, ac roeddwn i'n cadw honno, ond yn barod i'w defnyddio hi pan fyddai'r cyfle'n dŵad. Roedd Raymond wedi bod yn trin un o'r merchaid yn y tai cownsil. Roeddwn i efo fo yn peintio ei thŷ hi pan ddechreuodd o boetshio efo hi ac mi ddaru o fy warnio i i beidio â dweud wrth y lleill. Peth digon hyll oedd hi, a mi rydw i'n amau ei fod o'n talu iddi hi am ei syrfisys. Roedd o'n mynd yno bron bob amser cinio ac yn aml yn y prynhawnia hefyd, ei esgus o oedd ei fod o'n mynd am gachiad. Roedd Osmond yn cwyno fod Raymond yn cael mynd am gachiad rownd y rîl, ac yn dweud fod pawb yn cwyno bob tro yr oedd o'n mynd am gachiad, ac adegau digon prin oedd y rheini, medda fo, i gymharu â Raymond. Roedd Osmond wedi bod yn bigog ers tro. Bron bob dydd, roedd o'n cwyno am nad oedd o wedi cael siârs yn y ffyrm 'run fath â'r ddau arall. Ateb Sam bob tro oedd y bydda fo'n cael siârs y funud y bydda fo wedi callio. Doedd hynny ddim yn ddigon da gan

Osmond, a'i ddadl o oedd fod y ddau arall wedi cael shârs a nhwtha cyn wirionad â lloiau tarw blwydd, ac wrth gwrs, roedd yr hogyn yn llygad ei le. Ar brynhawn dydd Gwener y torrodd y storm. Y nos Iau flaenorol, roedd pawb yn dawel iawn ac yn hollol ffed-ŷp. Roeddwn i'n gweld Raymond yn edrych ar bawb yn y fan ac roeddwn i'n synhwyro ei fod o'n ysu am gael gyrru'r cwch i'r dŵr un waith yn rhagor. Trŵ tw nêtshyr, mi agorodd o'i geg fawr a dweud:

'Ma 'na ogla coc yn y fan 'ma. Arnach chi mae o, Samiwel? Dwi'n siŵr mai arnach chi mae o, achos dach chi 'di bod yn crwydro ar hyd yr hen dai 'na efo'ch darn yn ych llaw ers wsnosa rŵan.'

Mi aeth hi'n frwydr bersonol a chorfforol iawn, a chystal i mi ddweud fod yr hyn a ddywedwyd yn ddigon i godi gwallt fy mhen i. Y bore canlynol roedd pawb â'u pen yn eu plu ac mi faswn i'n ddigon bodlon betio fod yna gonffrans mawr wedi cael ei gynnal yn nhŷ Sam, y noson cynt. Ddywed-wyd yr un gair ar hyd y ffordd i'r tai cownsil. Amser cinio, wedi iddo fo fwyta ei frechdanau, mi aeth Raymond i forol am ei bwdin blew, ac mi ddiflan-nodd Osmond i rywle. Pan ddaeth hi'n un o'r gloch, dyma Sam, Desmond a finna'n ailafael yn ein gwaith ond doedd yna ddim golwg o'r ddau arall yn unlla. Erbyn ugain munud i ddau, roedd Sam jest â mynd yn soldiwr ac roedd o wedi dechra cerddad o gwmpas i chwilio amdanyn nhw. Mi ddechreuodd o fy holi i yn eu cylch nhw ac a wyddwn i lle'r oeddan nhw wedi mynd i hel eu traed. Roedd fy nghyfle i wedi dŵad ac mi ddywedais i wrth Sam fod Raymond yn sgriwio'r ddynas yn nymbyr fforti tŵ, a'i fod o wedi bod wrthi ers rhai wythnosau. Y cyfan wnaeth Sam oedd lluchio ei frwsh i'r pot paent, a'i chychwyn hi am numbyr fforti tŵ. Mi ofynnodd Desmond i mi lle'r oedd Sam wedi mynd ac mi ddywedais nad oeddwn i'n gwybod. Roedd o wrthi'n peintio ar ben yr ystol ac yn canu 'Dowch ar y trên bach i ben yr Wyddfa fa-awr, dowch ar y trên bach i ben yr Wyddfa fawr, dowch ar y trên bach i ben yr Wyddfa fawr, mae'n mynd â ni i fyny ac i lawr. . . ' pan ddywedodd o 'be uffarn ma hwn 'di bod yn neud. . . ?' Roedd gan Desmond byrds-ei-fiw o ben yr ystol, dim ond clywed y sŵn oeddwn i, sŵn rhywun yn canu 'Wen ai ffeind maiselff in teims of trybyl, myddyr Meri cyms tw mi, spîcing wyrd of wisdym let it bi. . . ' ar dop ei lais. Pwy gerddodd rownd y gornel yn chwil gachu gaib, ond Osmond. Mae'n rhaid ei fod o wedi bod yn y pyb ers oriau. Mi neidiodd Desmond oddi ar yr ystol a rhedag tuag ato fo. Mi gedwais i'n ddigon clir oherwydd roeddwn i wedi cael llond bol ar y ffamili at wôr 'ma.

'Lle wt ti 'di bod, y ffwcin llambedyddiol gwirion?' medda Desmond wrth Osmond.

'Paid â siarad felna efo fi,' medda Osmond, 'dwi 'di cal llond bol arna chdi a'r hen ddyn a Raymond, mi gei di stwffio dy frwsh paent i fyny dy din, dwi'n 'i jacio hi rŵan, dos i ofyn i'r hen ddyn am 'y nghardia i. . . '

'Callia 'nei di'r cotsyn chwil, ma pawb yn dy glywad di.' Dyma Desmond yn agor drysau cefn y fan, ac yn hwffio Osmond i mewn iddi hi. Roedd o'n gweiddi ac yn sgrechian wrth i Desmond drio stwffio cadach yn ei geg a thrio ei glymu o rownd ei wddw. Roedd Desmond wrthi'n pwyso ar gefn Osmond efo'i ben-glin ac yn trio clymu ei ddwylo fo y tu ôl i'w gefn o, pan landiodd Sam a Raymond ar y sîn. Roedd wyneb Raymond yn fflamgoch, ac roedd golwg fel tasa fo wedi hario arno fo. Roedd Sam wrthi'n pregethu rhywbeth am be fasa Anna Mari yn ei ddweud petasa hi'n ffeindio allan fod Raymond wedi bod i'r afael efo hwran mewn tŷ cownsil, pan welodd o Desmond yn clymu Osmond yng nghefn y fan:

'Blydi rôl on. . . be uffar. . . blydi hels bels, be ddiawl ma rhein yn neud yn fan hyn?' medda Sam, wedi cynhyrfu'n lân. 'Dwi'n deud wrthach chi rŵan, cha i'r un ddima am y job 'ma, mi fydd y cownsil wedi'n hel ni o'r seit 'ma. Dyna fo, dyna ddigon, dwi 'di'ch warnio chi o'r blaen ond newch chi ddim gwrando. Dwi'n torri'r ffyrm i fyny—mi wertha i'r blydi lot a cheith 'na'r un ohonach chi ddim sentan. Yn fy enw i ma pob peth a mi'ch dyff-eia i chi i gyd, dwi'n ffinishd, dwi'n ffinishd. . . '

Ymhen pythefnos, roedd y job yn complîted, chwadal Sam, a phythefnos digon tawel fuodd hwnnw ar y cyfan—tawelwch ar ôl storm. Yn ystod yr hannar awr cinio ar y diwrnod olaf, roedd Osmond yn harpio ar Sam i fynd â ni i'r pyb a phrynu cwrw i ni, gan mai fy niwrnod olaf i oedd y diwrnod hwnnw. Mi wrthododd Sam, ond mi ddywedodd o y basa fo'n syniad da i ni i gyd fynd i'r 'George' y noson honno, ac y basa fo'n prynu cwrw i bawb. Mi ddaeth inspector y cownsil heibio yn ystod y prynhawn, ac mi ddywedodd o ei fod o'n hapus ac yn fodlon iawn efo'r gwaith ac y basa fo'n dweud wrth yr acownts am anfon y pres ymlaen i Sam. Mi ddaru ni lwytho'r ystolion a phacio'r gêr i gyd. Roedd Sam a'r hogia wrth eu bodda am eu bod nhw wedi gorffen y job, ond roeddwn i'n teimlo'n reit ddigalon oherwydd roeddwn i'n sylweddoli na fuaswn i, mae'n debyg, yn gweithio efo nhw byth wedyn. Roeddwn i'n falch fy mod i'n mynd o'r tai

cownsil oherwydd fy mod i wedi cael llond fy mol
ar y lle, ond roeddwn i wedi cael lot o hwyl efo'r
hogia ac wedi cael profiada anhygoel. Y teimlad
cryfa roeddwn i'n ei brofi yn y fan ar y ffordd adra
oedd na fasa'r amser yr oeddwn i wedi ei dreulio
efo nhw, byth yn dŵad yn ôl, ac roedd hynny'n
gymysg efo rhyw fath o hiraeth a dipreshon.
Roeddwn i'n ei chael hi'n anodd i roi fy mys ym
myw y peth, ond roedd ochrau fy mhen i'n brifo ac
fel tasan nhw'n slafio i atal y dagrau rhag llifo
allan. Roeddwn i'n dychmygu fy hun, ymhen rhyw
ddeng mlynadd, ar bnawn glawog yn rhywle, ac yn
meddwl am y rhain i gyd, Sam, Desmond, Raymond
ac Osmond. Roedd yna rywbeth yn hurt ym mhob
un ohonyn nhw, ond eto roeddan nhw y petha
clenia dan haul ac mi fasan nhw'n ddigon bodlon i
dynnu eu cotia oddi ar eu cefna petasach chi'n
ffeindio'ch hun heb yr un yng nghanol storm o eira.
Roedd y rhain wedi edrych ar fy ôl i am ddau fis,
roeddan nhw wedi fy nerbyn i fel yr oeddwn i, a
doedd yna'r un ohonyn nhw wedi trio stwffio dim
byd yn fy mhen i. Mi sylweddolais i mai'r rhain a'u
tebyg oedd halan y ddaear.

Wedi i mi gyrraedd adra y noson honno, mi gefais
i swper da a bath, ac mi yfais i ddau beint o lefrith ar
fy nhalcian cyn gadael y tŷ, er mwyn setlo fy
stumog ar gyfer y cwrw. Mi biciodd yr hen ddyn fi i
lawr i'r 'George' ac mi ddiolchais i iddo fo yn
barchus iawn am fynd i draffath, ond mi ddywedodd
o y basa'n rhaid i mi ffeindio fy ffordd fy hun adra
Doedd hynny ddim yn fy mhoeni i ryw lawer oher-
wydd roeddwn yn edrych ymlaen yn arw at gael
noson dda yng nghwmni'r hogia yn y pyb. Pan ger-
ddais i i mewn i'r George, roedd y pedwar ohonyn

nhw yn sefyll wrth y bar yn eu dillad gorau. Doedd y dillad ddim yn eu siwtio nhw rywsut, roeddan nhw fel tasan nhw'n annaturiol: roedd yr hogia'n edrych yn llawer gwell yn eu dillad gwaith. Doeddan nhw ddim yn byhafio yr un fath chwaith, roeddan nhw'n fwy risbectabyl, ac mi gymerodd hi dipyn o amser i bawb rilacshio a setlo i lawr i yfad y cwrw. Wrth i'r cwrw fynd i lawr, roedd yr hwyliau'n codi, ac mi ddywedodd Raymond fod Sam wedi mynd adra'n chwil ar y nos Sadwrn cynt, ac wedi rhoi cyw iâr yn y washing mashîn a sbio arno fo'n mynd rownd a rownd am awr gyfa. Roedd pawb wedi cael cratshiad go-lew erbyn stop tap, ac roedd y jôcs yn dŵad allan, un ar ôl y lall fel bwledi o wn. Mi dalodd Sam fy nghyflog olaf i mewn cash, ac mi ysgwydodd o law efo fi—roedd llaw yr hen foi mor gynnas â'i gymeriad o. Roedd Raymond yn sefyll wrth y bar ac yn adrodd ar dop ei lais:

Adref, adref, blant afradlon,
Gadewch gibau gweigion ffôl,
Clywaf lais y Brenin heddiw'n
Para i alw ar eich ôl.

Mi roddodd Sam ei dún baco ar y bar, ac wrth iddo rowlio ei sigarét, roedd o'n canu 'Good night, good night, Irene, good night, good night, Irene, good night, Irene, good night, Irene, good night, I'll see you in my dreams. . .' Stwffio pres yn y wan-arm-bandit a'r jiwc-bocs am yn ail yr oedd Osmond, ac roedd y bar-mêd yn bygwth troi'r lectrig i ffwrdd os na fasa fo'n rhoi'r gora iddi hi oherwydd ei bod hi'n hwyr bryd i bawb fod yn eu gwlâu, medda hi. Roedd Desmond yn gorwedd mewn cadair ac yn canu—'Pan fyddai'r nos yn olau, a llwch y ffordd yn wyn, a'r bont yn wag sy'n croesi'r dŵr difwstwr ym Mhen Llyn, y tylluanod yn eu tro glywid o lwyn-coed Cwm-y-Glo, tw wit tw hŵ ŵ ŵŵ ŵ.' Nos da,

Bleddyn bach, nos da washi.'

Roedd y nos yn olau pan es i allan i'r awyr iach, ac roedd y bont a'r stryd yn wag, doedd yna'r un enaid byw yn unlla. Mi gychwynnais i gerddad ac mi godais i fy mawd pan glywais i sŵn car yn dŵad o'r pellter, ond pasio wnaeth o. Ta waeth, roedd hi'n noson braf ac mi faswn i adra cyn y wawr. Roedd genna i ymhell dros gan punt yn y banc ac roedd pethau ar i fyny.

Rho i mi'r Dröedigaeth Fawr

Dwi erioed wedi cael holide iawn yn fy mywyd.
Dwi wedi bod yn y Steddfod am wythnos, ond dydi
hynny ddim cweit 'run fath â holide go iawn, mae
o'n debycach i wythnos o waith caled oherwydd
bod rhywun yn gorfod straffaglian i fynd at y bar yn
y pybs drwy'r dydd, ac wedyn yn gorfod cwffio
wrth drio cael gafael ar hogan ar ddiwedd y noson.
Os ydi rhywun yn ddigon lwcus i gael gafael ar un,
yna mae hi'n mynd yn frwydr yn erbyn effaith y
pymthag peint a dydi rhywun yn da i ddim, mewn
gwirionedd, ond i rechu, cysgu a chwyrnu. Trafeiliwr
ydi'r hen ddyn ac mae o'n mynd o gwmpas y wlad
yn fflogio adeiladau prîffab, shedia gardd a shedia
ffarmwrs. Mae o'n selff-emploid ac yn gweithio ar
gomishiwn; oherwydd hynny, neutha fo byth fynd
â'r hen ddynas a fi am holide i unlla, doedd o ddim
yn fodlon colli wythnos o gyflog a fforcio allan am
holide i ni'r un pryd. Mae'r hen ddynas yn ffraeo
efo'r hen ddyn ar gownt yr holides bob blwyddyn.
Mae hi'n bygwth ei adael o weithiau ac yn dweud
wrtho fo ei bod hi'n difaru na fasa hi wedi priodi
gweinidog oherwydd fod gan y rhan fwyaf o'r
rheini garafán ac ar eu holides dragwyddol. Yr unig
fantais sydd yna i'r ffaith mai trafeiliwr ydi'r hen
ddyn, ydi ei fod o i ffwrdd weithiau am ddiwrnodiau
ar y tro. Mae'r hen ddynas yn dipyn cleniach efo fi
ar yr adegau hynny, ond unwaith y daw o'n ôl, mae

hi'n dechra ochri efo fo pan fydd o'n cega arna i. Pan mae'r hen ddyn ar ei drafaels, dwi'n medru eistedd yn ei le o wrth y bwrdd bwyd yn y cefn, ac yn ei gadair o wrth y tân yn y gegin fach. Pan mae o'n dŵad adra, dwi'n dweud wrtho fo pa mor braf oedd cael eistedd yn ei gadair o, ac mae o'n mynd yn bigog yn syth. Welais i ddim byd rhyfeddach yn fy mywyd erioed, mae'n siŵr ei fod o yn un llwyth ar ryw thri-pîs posh, mewn rhyw hotel yn rhywle, ac yn gwylltio'n gacwn wrth feddwl amdana i'n eistedd yn ei gadair o adra.

Mae hi'n ddigon boring yn yr hen le 'ma rownd y flwyddyn, ond mae hi fel tasai'n waeth yma yn ystod yr haf oherwydd does yna uffarn o ddim byd fedar rhywun ei wneud yma heblaw am fynd i drochi i'r afon, ond mae hynny'n mynd yn boring hefyd oherwydd yr un bobol welwch chi i lawr wrth yr afon bob dydd. Petasa rhywun yn cael mynd i ffwrdd am ryw bythefnos, mi fasa fo'n cael newid bach ac yn medru wynebu'r gaeaf yn llawer haws wrth hel meddylia am yr holide grêt yr oedd o wedi ei gael yn ystod yr haf. Os ewch chi i lawr at y Ffordd Groes, ar unrhyw ddiwrnod rhwng Mehefin a Medi, mi welwch chi gannoedd o geir yn pasio, pob un yn llawn o blant ecseited a phobol sy'n edrych ymlaen at eu holides. Rŵff-racs wedi sigo dan bwysau'r pacia, carafáns a chychod, pawb yn mynd i rywle a finna ddim yn mynd i unlla—mae'r profiad yn ddigon i wneud i gi grio. Ar yr adegau hynny, mi fydda i'n melltithio'r ffaith fy mod i wedi cael fy ngeni yn y ffashiwn dwll o le. Pam na fuaswn i wedi cael fy ngeni mewn lle sydd ar lan y môr, neu mewn tre, rhywle yn hytrach na'r blydi anialwch yma? Teimlo felly roeddwn i un prynhawn a finna yn eistedd ar y wal yn ymyl y bỳs-shelter, ac yn clywed sŵn y ceir yn pasio ar hyd y ffordd fawr, pan ddaeth Banjo heibio:

'Wt ti 'di gweld nhw?'

'Gweld pwy?'

'Y Saeson.'

'Pa Saeson?'

'Y Saeson sy'n aros yn y Neuadd Goffa. Crusdians ydyn nhw ac ma nhw'n aros yma dros yr ha. Ma 'na stiwdents efo nhw—uffarn o betha handi. Efanjyleisho ma nhw, ma nhw isho confyrtio pawb yn yr hen le 'ma cyn iddyn nhw fynd o 'ma, meddan nhw. Ddaru rywun ofyn i mi a o'n i'n Grusdian, mi ddudas i wrthyn nhw bo fi 'di cal 'y medyddio a 'nerbyn, ond dydi hynny yn da i ddim byd, meddan nhw, ma raid i chdi fod yn born-agén os wt ti isho mynd i'r nefoedd a ma nhw'n medru dy neud di'n born-agén wrth roid 'u dwylo ar dy ben di. . . '

'Am be uffarn wt ti'n fwydro, Banjo?' medda fi, ''di dy fatris di 'di dechra mynd yn fflat 'ta be?'

'Wir Dduw i ti rŵan, gosbyl, God's onyr, cris croes tân poeth torri 'mhen a torri 'nghoes. Ma nhw'n gneud te a choffi am ddim ac ma nhw'n gadal i chdi smocio yna. Ma hi'n worm welcym i bawb. Tyd yna efo fi i chdi gal 'u gweld nhw.'

'Na, dim diolch Banjo, ma'n well genna i ista yn fan hyn na gwrando ar rywun yn pregethu.'

'Duw, tyd laen, sa ddim byd arall i neud yn nagoes? Tyd, ma Ann Huws, Tan Lan, yna efo nhw ers dyrnodia, a Cathrine Crosbi. . . a Linda Morgan. . . ac Enfys Parri. . . '

Enfys Parri, myn diawl, honno ydi'r beth ddelia yn yr hen le 'ma, ac roeddwn i wedi bod yn rhedeg ar ei hôl hi ers blynyddoedd, ond does yna ddim posib cael gafael arni hi oherwydd nad ydi hi byth yn mynd i'r pybs a ballu am fod ei mam a'i thad hi'n strict ddiawledig efo hi. Mae'r tair arall yn slashars hefyd, ond maen nhw'n gwybod hynny, a wnân nhw ddim gadael i neb dwtshad ynddyn nhw. Tydio'n ddiawl o bechod, mi wnaiff y pethau hyll adael i chi fynd efo nhw ar unrhyw amser, ond chewch chi ddim mynd ar gyfyl y pethau del, mae gan y rheini fwy o feddwl ohonyn nhw'u hunain. Enfys Parri, Enfys Parri, diawl, mi fasa'n werth cael fy mrên-washio jest er mwyn cael hongian o'i chwmpas hi am sbel.

'O.K. 'ta, Banjo.'

'Grêt, dwi'n nabod y tshiff yn iawn, mae o'n ffwl-teim efanjylist, sdi.'

Pan aethon ni i mewn i'r Neuadd Goffa, roedd y lle wedi cael ei weddnewid ac roedd yna gamp-beds yn gris-groes ar hyd y lle ym mhob man. Roeddan nhw wedi hongian shîts mawr gwyn oddi ar y trawstia ym mhen pella'r neuadd a phan es i draw yno i fusnesa, dyma Banjo'n dweud:

'Yn fanna ma'r merchaid yn cysgu, cheith 'na'r un dyn fynd i mewn i fanna. Dydi'r rhein ddim yn mynd allan efo merchaid 'run fath â chdi a fi, sdi; lyf ddy sburut, not ddy bodi, dyna be ma nhw'n ddeud. Dydyn nhw ddim yn twtshad 'u cariadon tan y dwrnod pan ma nhw'n priodi, sdi.'

'Be, ddim hyd yn oed yn 'u cusanu nhw?'

'No wê, boi, nefyr, mi fasa hynny yn sun.'

'Sud ma nhw'n gwbod a ydyn nhw'n licio nhw ne beidio 'ta? Falla bod 'u bronna nhw'n rhy fach ne'u tina nhw'n rhy fawr, neu falla bod na ryw hen ogla annifyr arnyn nhw, mi gei di rai felly weithia. . .'

'Cau dy geg, y codsyn gwirion, ma Duw yn gwrando arna chdi, paid â deud petha felna i'w ypsetio Fo. . .'

'Be wt ti'n feddwl?' medda fi, 'dim yn capal ydan

ni rŵan siŵr Dduw, yn y Neuadd Goffa 'dan ni. . . '

Dyma Banjo yn sbio i fyny ar y sîling, ac yn agor ei freichiau led y pen, ac yn dweud:

'Mae Duw yn llond pob lle, presennol ym mhob man.'

Wyddwn i ddim oedd o ddifri ai peidio. Mi aethon ni drwodd i'r stafell lle maen nhw'n gwneud te a ballu ar ôl steddfod, yng nghefn y neuadd, a dyna lle'r oedd yna tua dwsin a hannar o bobol â'u llygaid ynghau, ac un hogan ifanc y gweddïo. Mi wnes i arwydd ar Banjo i ni fynd oddi yno, ond mi gaeodd y mwlsyn ei lygaid yn sownd. Dyma fi'n troi a chychwyn am y drws, ond cyn i mi fedru ei gyrraedd o, dyma'r hogan oedd yn gweddïo'n dweud:

'No no, don't go, you're welcome to come and join us.'

Roedd Ann Huws, Tan Lan, a'r rheina'n sbio arna i cystal â dweud 'be ddiawl ma hwn yn neud yn fan hyn?' ond gwenu arna i wnaeth Enfys.

'Ddis is mai ffrend Bleddyn, hi's cym tw sê hêlô tw iw', medda Banjo.

Mi ddaeth yr hogan ddel ata i a sefyll reit o 'mlaen i. Roedd hi'n hogan ddel iawn ac roedd hi'n edrych yn garedig, y disgrifiad gorau ohoni fasa 'angylaidd' mae'n debyg. Dyma hi'n gafael yn fy llaw i a dweud:

'Hi, I'm Ruth, would you like some tea or coffee, Bleithyn?'

'Ail haf e cyp o tî, thanc iw feri big,' medda fi, ac mi ddechreuodd y merchaid Cymraeg i gyd chwerthin. Mi aeth Banjo i siarad efo'r ffwl-teim efanjylist ac mi ddaeth yna ryw ddau foi ifanc ata i a dweud wrtha i am fynd i eistedd i'r gornel efo nhw, wedyn dyma nhw yn dechra fy holi a'm stilio i ffwl-pelt. Roeddan nhw'n hen gogia digon clên ond roedd yna rywbeth yn rhyfedd ynddyn nhw. Dwn i ddim be oedd o'n iawn, ond roeddan nhw fel tasan nhw'n rhy glên rywsut, ac yn siarad efo fi'n union fel tasan nhw wedi bod yn ffrindia efo fi ar hyd fy oes. Roeddan nhw eisiau gwybod pa mor aml roeddwn i'n mynd i'r capal ac a oeddwn i'n berson hapus. Mi ddywedais i fy mod i'n tshiampion dim ond ei bod hi dipyn bach yn boring yn yr hen le 'ma. Mi ddaru nhw ddechrau pregethu wedyn a dweud mai fi oedd yn bôrd efo fi'n hun a phetawn i'n ffrind i Iesu Grist, faswn i byth yn mynd yn bôrd. Mi ddechreuais i ddifaru fy enaid fy mod i wedi agor fy ngheg. Roeddwn i'n trio newid y sybject ond roeddan nhw'n dal i baldaruo am Iesu Grist, roeddan nhw eisiau i mi ei dderbyn o a gofyn iddo fo ddŵad i mewn i fy mywyd i; mi fasan nhw'n fy helpu i, meddan nhw, wrth weddïo drosta i. Ÿ rheswm pam nad oedd pobol ifanc yn licio mynd i'r capal, oedd oherwydd fod y profiad yn boring, meddan nhw, does yna ddim digon o hwyl yn y lle. Yn eu capal nhw adra, roedd pawb yn chwarae gitârs ac yn eu mwynhau eu hunain yn iawn—roedd hyd yn oed hels-enjyls yn mynd i'r capal yn y fan honno. Doedd pobol y capeli ddim yn deall y gwahaniaeth rhwng Crist a chrefydd, meddan nhw. Roeddwn i'n meddwl mai'r un peth oedd y ddau—'run fath 'di ci a'i gynffon, ond na, doedd dim rhaid i rywun fynd i capal i addoli Duw, mi fedra rhywun wneud hynny ar lan môr neu ar ben mynydd yn union fel ag yr oedd Iesu Grist ei hun yn ei wneud ers talwm, ac roedd hynny'n llawer gwell ac yn mynd â'r negas at y bobol. Roedd y capeli'n obsesd efo enwadau, meddan nhw, roedd yna ormod o rai gwahanol, da i ddim, a dyna paham roeddan nhw wedi dechrau un newydd. Doeddwn i ddim yn deall yr hyn oedd ganddyn nhw dan sylw, oherwydd i mi, Iesu Grist ydi Iesu Grist, Duw ydi Duw a capal ydi capal—têc-it-or-lîf-it, dydi o ddim byd i fynd i wneud ffŷs a helynt yn ei gylch. Mi ddylia fod gan bawb yr hawl i ddewis, er na chefais i ddim—mae'r hen bobol wedi stwffio'r capal i lawr fy nghorn cwac i ers pan oeddwn i'n ddim o beth. Dwn i ddim pam roedd rhein yn rwdlan am lan y môr a mynydd-oedd a ballu, oherwydd mi fues i mewn cymanfa mewn cae ddwy waith pan oeddwn i'n hogyn bach a doeddwn i na neb arall yn gweld dim o'i le yn hynny, am wn i. Bob tro roeddwn i'n dweud rhyw-beth fel 'na wrthyn nhw, roeddan nhw'n mynd i 'mhen i'n syth, ac yn darllen darnau o'r Beibl er mwyn trio profi eu pwynt. Roeddwn i'n chwysu chwartia ac mi ddechreuais i ddiawlio Banjo a'r ffaith fy mod i wedi mynd ar gyfyl y lle, ond roedd Enfys yn sbio arna i'n aml ac yn gwenu—y hi oedd yn fy nghadw i yno, roedd hynny'n sâff. Roedd y ddau foi'n dweud wrtha i am beidio â hastio i dder-byn Iesu Grist, roedd angen paratoi'r enaid, meddan nhw. Mi ddywedson nhw y basa fo'n syniad da i mi fynd i'r gwasanaeth yr oeddan nhw'n ei gynnal y noson honno ac mi gytunais i oherwydd roeddwn i'n gwybod y byddai Enfys yno ac roeddwn i jest â thorri fy mol eisiau siarad efo hi.

Roedd y gwasanaeth yn wahanol iawn i bregath neu gyfarfod gweddi yn capal Nasareth; roedd yna fwy o fynd yn yr emynau ac roedd pawb yn gweiddi 'prês-ddy-Lord' a 'haleliwia' a ballu. Wedi i'r gwasanaeth orffen, dyma yna ryw hogyn ifanc yn dechra sôn am ei hanes o'n cael trōedigaeth. Roedd o wedi bod yn hogyn drwg iawn pan oedd o'n iau, medda fo, ac wedi malu doli ei chwaer fach a dwy gwpan de. Roedd o wedi cael tröedigaeth tra oedd o'n chwarae gêm o gardia pan oedd o'n y coleg. Roedd o newydd gael preil of kings, medda fo, pan glywodd o lais yn dweud yn ei glust o fod chwarae cardia'n beth drwg iawn a dyma fo'n lluchio'r cardia ar bwrdd cyn mynd i chwilio am Feibl. Roeddwn i jest â marw eisiau gofyn iddo fo faint o bres oedd ar y bwrdd; os oedd yno fwy na tenar, yna mi faswn i'n dweud fod boio wedi gwneud camgymeriad, mi fasai'n llawer gwell petai o wedi pocedu'r winings ac yna mynd ati i wneud ei fusnes efo'r Hollalluog. Mi ddigwyddodd yna rywbeth rhyfedd iawn wedyn. Pwy gerddodd o'i sêt a mynd i wynebu'r gynulleidfa, ond Banjo. Mi aeth o ati i ddweud ei fod o'n ddiolchgar iawn i'r efanjylists am ddŵad yr holl ffordd i roi tröedigaeth iddo fo ac mi ddechreuodd o raffu pob math o gelwyddau. Mi ddywedodd o ei fod o wedi bod yn dwyn glo o'r Cop ers blynyddoedd, ei fod o wedi torri i mewn i'r banc ddwywaith a'i fod o wedi bod yn drỳg-adict. Mi fuo bron i mi â cherddad at Banjo a rhoi lempan iawn iddo fo oherwydd dydio erioed wedi gwneud 'run o'r pethau yna er ei fod yn ddiawl drwg. Wedi i'r gwasanaeth orffen, mi ês i at Banjo a gofyn iddo fo be oedd o'n drio ei wneud, ond chymerodd o ddim sylw ohona i, dim ond dweud ei bod hi'n amser i bawb yn yr hen le 'ma i gael tröedigaeth, ac roedd o'n mynd i ddweud hynny wrth bob un wan jac ohonyn nhw, medda fo. Roeddwn i'n meddwl ma tynnu 'nghoes i oedd o, ac mi ddywedais i un neu ddau o bethau gwirion wrtho fo er mwyn trio ei gael o i ddŵad at ei goed, ond doedd yna ddim byd yn tycio. Fel yr oeddwn i'n cerdded allan am y drws, mi sylweddolais i fod Enfys yn fy nilyn i, ac ar ôl i ni fynd allan i'r ffordd fawr, mi ddechreuodd hi siarad efo fi. Roedd hi newydd gael risylts ei 'A Lefels' ac roedd hi'n mynd i ffwrdd i'r coleg ar ôl i'r holides orffen. Roedd hi'n siarad Cymraeg da, neis, 'run fath â'r bobol glyfar ar y programs Cymraeg ar y teledu. Mi ofynnais i iddi hi oedd hi wedi cael tröedigaeth 'run fath â Banjo ond doedd hi ddim yn siŵr iawn medda hi. Roedd hi wedi gofyn i Iesu Grist lot o weithiau ond doedd dim byd wedi digwydd a doedd hi ddim yn teimlo'n wahanol. Roedd hi'n licio mynd at y bobol yn y Neuadd Goffa, medda hi; roedd o'n rhywbeth i'w wneud ac yn well na bod yn styc yn y tŷ drwy'r dydd. Wedi i ni gyrraedd ei thŷ hi, mi ddywedodd hi eu bod nhw i gyd yn mynd i lan y môr y diwrnod wedyn, ac mi ofynnodd hi a fuaswn i'n licio mynd hefyd. Mi ddwedais y buaswn i wrth fy modd ac mi ddaru ni drefnu i gyfarfod yn y neuadd am ddeg o'r gloch. Cyn iddi hi fynd i mewn drwy'r drws, mi gododd hi ei llaw a chwerthin arna i. Roeddwn i wedi gwneud fy mhoints cyntaf efo Enfys Parri.

Mi driais i siarad efo Iesu Grist yn fy ngwely y noson honno, ond doeddwn i ddim yn medru con-syntretio oherwydd roeddwn i'n meddwl am Enfys drwy'r amser. Roeddwn i'n ein dychmygu ni ein dau yn priodi yng nghapel Nasareth. Roedd Enfys wedi gorffen yn y coleg ac wedi cael job fel titshyr. Roeddan ni'n byw'n hapus mewn tŷ bach neis ac yn golchi'r llestri efo'n gilydd a ballu. Mi stopiais i feddwl am Enfys a thrio siarad efo Iesu Grist unwaith eto, ond yn sydyn iawn mi gofiais i ein bod ni'n mynd i lan y môr a dyma fo'n fy nhrawo fi y byddai'r merchaid i gyd yno yn eu bedding cos-tiwms. Ann Huws, Tan Lan a Cathrine Crosbi yn eu bedding costiwms; blydi hel, roedd hynny'n rhyw-beth i edrych ymlaen ato. Mi gofiais i am Enfys a Iesu Grist wedyn ac roeddwn i'n teimlo fy mod i

wedi eu hypsetio nhw; roeddwn i'n hollol con-
ffiwsd, wyddwn i ddim be i'w feddwl ac roeddwn
i'n methu â mynd i gysgu. Roeddwn i'n dechrau
diawlio'r ffaith fod y Saeson wedi dŵad yma i
fwydro fy mhen bach i. Mi es i i lawr staer ac i'r
cwpwrdd lle mae'r hen ddynas yn cadw'r ffisig. Mi
gymerais i joch go-lew o'r wisgi, ac ymhen hir a
hwyr mi ddaeth Siôn Cwsg i fy nôl i a mynd â fi efo
fo i'r land-of-nod.

Roeddwn i'n hwyr yn codi y bore wedyn a phan
sylweddolais faint o'r gloch oedd hi, mi es i ar ras
draw i'r neuadd. Pan gyrhaeddais i yno roedd pawb
yn y fan ac yn barod i gychwyn. Mae'n rhaid fod
Enfys wedi dweud wrthyn nhw am aros amdana i.
Roedd hi'n edrych yn ddel ofnadwy yn ei shorts a'i
blows ac roedd ganddi hi ruban gwyn rownd ei
phen. Mi edrychodd hi'n ddifrifol ym myw fy
llygaid i, ac yna gwenu arna i. Roeddwn i'n cael y
teimlad ein bod ni'n dau yn deall ein gilydd i'r dim
ac mi ddaru mi sterio arni hi ar hyd y ffordd i lan y
môr. Y ffwl-teim efanjylist oedd yn dreifio ac roedd
Banjo yn eistedd wrth ei ochr o ac yn dweud wrtho
fo lle i gymryd de a chwith a ballu; roedd y ddau yn
siarad pymtheg yn dwsin ac roedd hi'n amlwg eu
bod nhw'n ffrindia mawr. Mi ddechreuodd pawb
ganu 'Blessed assurance, Jesus is mine! Oh, what a
foretaste of glory divine! Heir of salavation,
purchase of God, born of His Spirit, washed in His
blood. This is my story, this is my song, Praising my
Saviour all the day long,' a churo eu dwylo a'u tam-
barîns, ond doedd Enfys a fi ddim yn canu rhyw
lawer, jest yn sbio ar ein gilydd. Wedi i ni gyrraedd
lan y môr, dyma'r ffwl-teim efanjylist yn dechrau
rhoi ordors i bawb a dweud wrthon ni y basan ni'n

cael mynd i drochi a chwarae pêl am ryw awr neu ddwy, ond y buasai'n rhaid i ni gynnal gwasanaeth wedyn er mwyn i bawb oedd ar lan y môr y diwrnod hwnnw gael clywed y newyddion da. Mi aeth pawb i mewn i'r dŵr gyntaf, ac roeddwn i'n trio fy ngora glas i beidio â sbio ar y merchaid. Wedi i ni fod yn y dŵr am sbelan, mi chwythodd y ffwl-teim efanjylist ei chwisl bysan a dweud wrth bawb am ddŵad i'r lan i chwarae pêl. Mi fethis i â dal dim mwy ac mi ddechreuais i sbio ar Ann Huws, Tan Lan. Roedd ganddi hi goesa hir a'r rheini'n sgleinio yn yr haul ac roedd ganddi hi din ffantastig, dim rhy fawr a dim rhy fach—jest neis. Mi gefais i ddiawl o godiad a phan ofynnodd un o'r dynion i mi fynd i chwarae ffwtbol, mi fuo'n rhaid i mi wrthod, a dweud fy mod i wedi troi fy nhroed. Roeddwn i'n uffernol o embarasd ac mi fuo'n rhaid i mi fynd i orwedd ar fy mol ar y tywod. Mi waethygodd pethau yn y fan honno oherwydd roedd Ann Huws a Cathrine Crosbi a'r merchaid eraill i gyd yn rhedag o fy mlaen i a'u tina nhw'n woblo'r un fath â jelis parti pen-blwydd. Ond doeddwn i ddim yn licio sbio ar Enfys, roedd hi'n rhy neis a doeddwn i ddim eisiau meddwl amdani fel yna.

Roedd Banjo'n eistedd ar un o'r sand-diwns ac yn darllen ei Feibl ac roedd pawb yn eu mwynhau eu hunain yn iawn; yna, mi welais i rywbeth na wna i ddim ei anghofio byth. Roedd un o'r dynion ac Ann Huws a'r ffwl-teim efanjylist yn chwarae pig-in-ddy-midl. Ann Huws oedd y mochyn—neu'r hwch, ac roedd hi'n neidio i fyny ac i lawr ac yn ysgwyd ei thin yn union fel tasa hi'n rhedag gwres. Y ffwl-teim efanjylist oedd yn sefyll y tu ôl iddi hi ac roeddwn i wedi sylwi ei fod o'n ei llygadu hi bob yn hyn a hyn. Pan ddaeth y bêl drosodd, mi neidiodd Ann Huws er mwyn trio ei dal hi ac mi neidiodd o hefyd a dyma ei thin hi a'i fogail o yn cyfarfod ei gilydd am y tro cyntaf—hynny ydi, y tro cyntaf hyd y gwyddwn i. Pan symudodd Ann Huws, mi ddaeth hi'n amlwg i bawb fod yr hen foi wedi cael cynhyrfiad go arw ac roedd yr hen aelod ffyddlon â'i ben tua'r awyr ac wedi ymchwyddo i drwch a hyd coes mwrthwl lwmp. Mi gymerodd o arno ei fod o wedi brifo ei droed ac mi waeddodd o 'awch awch awch,' naci—'awtsh awtsh awtsh' dros bob man cyn mynd i orwedd ar ei fol ar y tywod 'run fath â fi. Mi gefais i blesar o'r mwya wrth ei weld o'n ei wendid ac mi fuo bron i mi â gweiddi arno fo 'join ddy clyb, rhen bartnar, ma hi'n galad ar y gwres ma!' Doeddwn i ddim awydd poetshio efo'r gwasanaeth ac mi ddywedais i wrthyn nhw fod yn rhaid i mi fynd i chwilio am doilet i rywle. Mi gymerais i fy amser a phan ddois i'n fy ôl, roedd pawb yn cerdded tuag at y fan, ac mi glywais i Linda Morgan yn dweud yn ddistaw bach wrth Cathrine Crosbi, fod gan y ffwlteim efanjylist lot o flew neis ar ei frest.

Mi fues i'n mynd i'r Neuadd Goffa bron bob dydd am tua thair wythnos, ond doedd y peth ddim yn cydio yndda i rywsut a doeddwn i ddim yn teimlo'r un fath â Banjo. Roedd o'n mynd o gwmpas y lle 'ma bob dydd efo'i Feibl yn ei law ac roedd o'n sôn am Iesu Grist wrth bawb. Mi ddechreuodd Enfys a fi fynd am dro fin nos efo'n gilydd heb y lleill ac roeddwn i'n dechrau mynd yn obsesd efo hi; roedd hi ar fy meddwl i drwy'r dydd. Doeddwn i ddim wedi bod yn y Chwain ers y diwrnod cynta yr es i at y Cristians. Roedd genna i ormod o ofn i'r hogia wneud hwyl am fy mhen i ac roedd y stori am Enfys a fi'n dew ar hyd y fan 'ma. Doeddwn i ddim wedi gweld Yncl Dic chwaith, ond un noson, mi glywais i gnoc ar y drws cefn. Yr hen ddyn atebodd, ac mi ddaeth o i mewn i'r gegin fach a gwneud arwydd efo'i fawd fod yno rywun eisiau fy ngweld i; ddywedodd o'r un gair ac roeddwn i'n gweld hynny'n beth od iawn. Fel arfer, mi fydd o'n dweud fod hwn-a-hwn yno neu fod yna un o fy nghrônis i wrth y drws. Pan es i at y drws, mi gefais i sioc wrth weld Yncl Dic yn sefyll yno. Dydi o byth yn dŵad i tŷ ni, ac mi sylweddolais i ar fy union ei fod o wedi dŵad acw yn unswydd i ddweud rhywbeth wrtha i. Roedd yna olwg bryderus arno fo a doedd o ddim wedi cael shêf ers diwrnodiau.

'Sgen ti ffansi rhyw dro bach?' medda fo, 'ma hi'n noson braf.'

'Ia, iawn,' medda fi, 'lle awn ni?'

'I fyny am y topia 'na ia?'

'Ia, O.K. 'ta, rhoswch am funud tra fydda i'n mynd i nôl sgidia.'

Yr oedd hi'n noson braf, ac wedi i ni gerdded am oddeutu tri chwarter milltir, roedd pobman yn dawel fel y bedd. Ddywedodd Yncl Dic fawr ddim wrth i ni gerdded i fyny i gyfeiriad y mynydd, dim ond rhyw fân-siarad am ryw bethau dibwys. Wedi i ni gyrraedd y topia, dyma ni ein dau yn eistedd ar ddwy garreg wastad a sbio i lawr tuag at y gwaelodion:

'Lle da i fynd iddo fo ydi'r mynydd, wsdi, yn enwedig pan fydd gen ti rwbath ar dy feddwl,' medda Yncl Dic.

'Ia.'

Mi dynnodd o'r paced Cadets o'i boced, a gofyn i mi:

'Wt ti ddim wedi rhoi'r gora i smocio yfyd, siawns?'

'Naddo.'

Mi gymerais i un ac mi rannodd Yncl Dic ei dân

efo fi. Roedd y smôc yn dda, 'run fath ag y mae o wastad yn yr awyr iach pan fydd yna ormod o wynt. Roeddwn yn teimlo fod yna rywbeth yn sarcastig yn yr hyn yr oedd Yncl Dic wedi ei ddweud. Mi sylweddolais i ei fod o un ai eisiau siarad am y Cristians neu am Enfys, ond chymerais i ddim arnaf fy mod i'n gwybod ei fod o am drafod y naill beth na'r llall. Roedd ganddo fo het wellt am ei ben ac roedd o'n ei thynnu hi i lawr dros ei lygaid ac yn ei chodi hi dros ei dalcen bob yn ail. Cyn bo hir, dyma fo'n dweud:

'Dwi 'di bod yn poeni amdana chdi, washi. Roedd genna i ofn fod yr hen betha 'na yn y Neuadd Goffa wedi mwydro dy ben di, wt ti ddim 'di bod acw nag yn y Chwain ers wsnosa.'

'Naddo, Yncl Dic,' medda fi, 'ond ma newid yn tshenj yn dydi? Ma 'na rai ohonyn nhw'n hen bobol iawn, ond dydyn nhw ddim wedi mwydro fy mhen i.'

'Duw, ma nhw 'di ypsetio lot o bobol, wsdi, deud wrthyn nhw na chân nhw ddim mynd i'r nefoedd os nad ydyn nhw'n born-agén a ballu. Ma 'na lot o'r hen wragadd bach 'ma sy'n mynd i'r capal er pan oeddan nhw'n blant, wedi mynd drwy lot, wsdi, wedi diodda'n ddiawledig yfyd, colli gwŷr a phlant a ballu, ond ma nhw'n coelio bob gair o'r hen lyfr mawr 'na, wsdi; ma'u ffydd nhw yn wan-hyndryd-pyrsent, yndi wir Dduw. Ma gen yr hen gogia bach 'na ddiawl o wynab i fynd i ddeud wrthyn nhw nad ydyn nhw'n Grisnogion, oes, diawl o wynab yfyd. . .'

'Ia, ond dwi ddim wedi gneud hynny,' medda fi, 'dim ond wedi bod efo nhw er mwyn cal rwbath i neud, ma hi'n blydi boring yma'n dydi Yncl Dic?'

'Yndi decini, a be uffarn sy 'di dŵad dros ben y Banjo 'na, ma hwnnw'n mynd ar hyd y fan 'ma yn

canu emyna Susnag ac yn pregethu.'

'Yndi, ma 'na rwbath rhyfadd wedi digwydd i Banjo, dydi o'n gwneud fawr o ddim efo fi rŵan, dim ond efo'r Crusdians, ond does 'na ddim byd felna wedi digwydd i mi.'

'Iawn felly, 'dan ni'n dalld yn gilydd. Roedd genna i ofn bo chdi 'di mopio efo crefydd, ddim bo hynny yn ddim o 'musnas i, ma gen ti hawl i neud be lici di, 'run fath â phawb arall, ond mi fasa'n well i chdi neud rhyw benderfyniada felna pan fyddi di'n hŷn. Mi fedar peth felna andwyo hogyn ifanc 'run fath â chdi. Ma 'na lawer sydd ddim yn gwybod dim gwell, ond mi rydw i yma i ddeud wrtha chdi, weldi, a mi dwi wedi gweld dipyn ar yr hen fyd 'ma, wsdi. "Profwch bob peth a deliwch yn yr hyn sydd dda." Dyna ma'r hen air yn ei ddeud. Dwi'n gwybod bo genna i ddim lle i siarad achos dwi byth yn mynd ar gyfyl y capal, ond dydw i ddim yn ddyn drwg, weldi, mwy nag wt titha, a mi dwi'n deud wrtha chdi nad wt ti ddim angen petha fel'na. Ma 'na fwy i fywyd na chrefydd ac mi ddoi di i weld hynny pan fyddi di'n hŷn. Dan ni'n dalld yn gilydd rŵan?'

'Yndan.'

'Mêts?'

'Ia, mêts.'

'Neith hi beint bach heno?'

'Na, dim heno, ond cyn bo hir.'

Mi edrychodd Yncl Dic arna i ac roedd yna ryw dristwch yn ei lygaid o wrth iddo ofyn:

'Mynd i weld rhywun heno, 'wrach?'

'Ia.'

'Ydi'r hen Hywal Parri'n gwbod?'

'Dwn im.'

'Paid â rhoi dy galon arni, washi, fydd hi ddim yma'n hir eto, yn na fydd, ma hi'n mynd i'r coleg yn dydi?'

'Yndi.'

'Pur anamal ma petha felna'n para, wsdi, dowt gen i ddaw hi'n ôl yma ar ôl gorffan yn y coleg. Dim ond isho deud wrtha chdi rhag i ti gal dy ypsetio; ma'n gofyn gwisgo côt oil go-lew pan ma nhw'n gaddo storm, wsdi'.

Roedd Yncl Dic wedi fy ypsetio fi ond doeddwn i ddim wedi gwylltio efo fo oherwydd roeddwn i'n gwybod mai fo oedd yn iawn. Roeddwn i wedi trefnu i gyfarfod Enfys y tu allan i'r Neuadd Goffa y noson honno, ond ddaeth hi ddim yno ac roeddwn i'n teimlo'n pisd off uffernol. Roeddwn i angen siarad efo hi ac roeddwn i eisiau sôn am y pethau'r oedd Yncl Dic wedi eu dweud. Mi es i'r neuadd y diwrnod wedyn ond doedd hi ddim yno a doedd yna 'run o'r merchaid yn gwybod lle'r oedd hi. Roeddwn i ar fin cychwyn oddi yno pan ofynnodd un o'r Saeson fuaswn i'n mynd efo nhw i gynnal gwas-anaeth. Doeddwn i ddim eisiau mynd mwy nag oeddwn i eisiau poen mewn bol, ond roeddwn i'n teimlo rhyw ddyletswydd gan fy mod i wedi cael mynd efo nhw am dripia ac wedi bod yn yfad eu coffi a'u te nhw ers wythnosau. Doeddan ni ddim yn mynd yn bell, medda fo, ond wyddwn i ddim i lle'r oeddan ni'n mynd. Wrth i ni gerdded, roedd yna ddau neu dri ohonyn nhw'n fy mhestro i ac yn gofyn oeddwn i wedi derbyn Iesu Grist. Mi ddywedais i wrthyn nhw fy mod i yn trio fy ngore glas a 'mod i'n teimlo fod pethau'n gwella bob dydd. Mi gaeodd hynny eu cega nhw am dipyn. Roeddwn i'n teimlo'n annifyr wrth gerdded lawr y llan efo nhw oherwydd roedd pawb yn sbio arnon ni, ond doedd hynny'n ddim i'w gymharu efo'r teimlad gefais i pan ddaru ni gerdded i mewn i garafàn-seit Joci bach. Roedd Banjo'n cerdded o flaen pawb arall ac yn canu emynau Saesneg nerth esgyrn ei ben. Mi ddaru ni wneud cylch ynghanol y carafán-seit, ac ar ôl i'r ffwl-teim efanjylist ddweud rhyw ychydig o eiriau a gweddïo, dyma pawb yn dechrau canu— 'When the trumpet of the Lord shall sound, and time shall be no more, And the morning breaks, eternal, bright and fair; When the saved of earth shall gather over on the other shore, And the roll is called up yonder I'll be there. . . When the roll. . . is called up yonder. . . when the roll. . . ' Mi ddaeth yna lot o Saeson allan o'u carafáns i sbio arnon ni ac roeddwn i'n teimlo'n rêl ffŵl, ond i wneud pethau'n waeth, pwy gerddodd tuag aton ni mewn hỳff, ond Joci bach. Roedd o'n gweiddi wrth drio cystadlu efo'r canu:

'Go won,' medda fo, 'clîar off, ddy lot of iw.'

Mi stopiodd pawb ganu ac mi ofynnodd y ffwl-teim efanjylist:

'I'm sorry. . . I beg your pardon?'

'Ior not sounding ior trympet in mai carafán-seit.'

'But we're only spreading the good Lord's message. . .'

'Wel ior not sbreding it hiyr, go and sling ior hwc symwer els.'

'But may we just. . . ?'

'No no, nything, not on ior neli, ior ypseting mai fusutors. Ai dŵ ôl ddy entyrtening rownd hiyr, ddus us preifat land, go won, bygyr off biffôr ai côl ddy polîs.'

Mi ddechreuodd pawb gerdded oddi yno, ac mi edrychodd Joci arna i a dweud: 'blydi tipical blydi Welsh Nash.'

Mi roddodd y prynhawn hwnnw y tùn hat ar bethau. Roeddwn i'n uffernol o dipresd ac wedi cael llond fy mol ar y Crusdians. Doeddwn i ddim wedi gweld Sei o gwbl yn ystod y cyfnod y bu'r Crusdians yma, ac roeddwn i'n ei golli o oherwydd mae Sei yn deall pob dim ac yn medru cydym-deimlo efo rhywun—roedd o'n brysur yn y cneua gwair ar y ffarm lle roedd o'n gweithio. Roedd Cochyn a Milc Shêc a Buwch a rheina wedi bod yn gwneud tipyn o hwyl am fy mhen i, ond diolch i Dduw, roeddan nhw wedi bod yn gwneud mwy o hwyl am ben Banjo. Roeddwn i jest â marw eisiau mynd i'r Chwain am beint, efallai y buasai meddwad iawn wedi gwneud byd o les i mi, ond roedd genna i ormod o ofn iddyn nhw wneud hwyl am fy mhen i a 'ngalw i'n Beibl pynshar a ballu. Roedd yn rhaid i mi gael gair efo Enfys, doed a ddelo; efallai y byddai hi'n medru rhoi tipyn o gysur i mi ac mi ben-derfynais i fynd i gnocio drws ei thŷ hi. Roedd angen tipyn o gŷts i wneud y job honno hefyd, oher-wydd mae Hywal Parri yn ddiawl cranclyd, ond roedd hi'n fater o leiff and deth, roedd yn rhaid i mi fynd. Wedi i mi gnocio, mi ddaeth mei nabs i'r drws a sbio'n hyll arna i a dweud:

'Be wt ti isho yn fan hyn?'

'Ydi Enfys yn tŷ?'

'Yndi. Pam?'

'Ga i siarad efo hi am funud plîs?'

'Enfys, ma'r hogyn Bleddyn 'ma wrth y drws.'

Mi ofynnais i i Enfys fuasai hi'n dŵad am dro efo fi, ac mi gytunodd hi. Mi aethon ni i lawr at yr afon; yr oedd hi wedi dechrau tywyllu, ond roedd hi'n noson braf. Roedd Enfys yn gwisgo sgert gwta ac roedd ei choesa hi'n frown neis. Roedd hi'n edrych fel ffilm-star efo'i gwallt du cyrliog a'i hîrings aur; hi oedd yr hogan ddelia yn yr hen le 'ma, doedd yna ddim dwywaith am hynny, ac roedd hi'n eistedd ar lan yr afon efo fi o bawb.

'Dwi ddim wedi dy weld di yn y neuadd ers diwrnodia,' medda fi.

'Na, dydi Dad ddim yn gadal i mi fynd yna rŵan achos 'u bod nhw wedi bod yn ypsetio pobol.'

'Dydi Yncl Dic ddim yn licio bod fi yn mynd chwaith. Gest ti dröedigaeth, Enfys?'

'Naddo, dwi'm yn meddwl bo'r un o'r merchaid erill wedi cal un chwaith, ond roedd o'n rwbath i neud tra parodd o, a dwi wedi cal ffrind newydd yn do?'

Mi fasa'n well genna i petasa hi wedi dweud 'cariad' yn hytrach na 'ffrind', ond dyna fo. Mi afaelodd hi'n dynn yn fy llaw ac roedd yna sbarc anhygoel yn ei llygaid hi wrth iddi hi ddweud:

'"Yn dy law y mae f'amserau, Ti sy'n trefnu 'nyddiau i gyd".'

'"Rho i mi'r dröedigaeth fawr a'm try o'm crwydro ffôl",' medda fi.

'Naci, Bleddyn, "Rho i mi'r weledigaeth fawr". Ma gweledigaeth yn well na thröedigaeth, sdi.'

'Yndi, ma'n siŵr.'

Mi ddechreuodd Enfys rwbio ei breichiau a chwyno ei bod hi'n oer. Wyddwn i ddim oedd hi eisiau i mi afael amdani hi neu beidio, ond ar ôl i ni godi, mi afaelodd hi'n dynn yndda i, ac meddai hi'n ddifrifol:

'Bleddyn, dwi isho deud rwbath wrtha chdi.'

Roeddwn i'n meddwl am funud ei bod hi'n mynd i ddweud ei bod hi wedi cael clec, hynny ydi, fod ganddi hi wynt—fod ganddi hi dorth yn y popty. Mi ddechreuais i banicio'n ddiawledig oherwydd doeddwn i ddim wedi twtshad ynddi hi.

'Dwi'n mynd i ffwr ar 'y ngwylia fory, a wedyn dwi'n mynd yn syth i'r coleg, felly wela i mona chdi am hir yto. Ga i fynd allan efo chdi pan ddo i adra?'

Mi bwdais i ryw fymryn a throi fy mhen. Pam ddiawl fod hyn yn digwydd i mi? Dyna'r oeddwn i yn ei ofyn drosodd a throsodd i mi fy hun. Roeddwn i wedi cael tshans i gael cariad go iawn, ond roedd popeth yn mynd yn fy erbyn i fel arfer. Y hi oedd yr hogan neisia yn yr hen le 'ma, ac roedd hi'n mynd ac yn fy ngadael i ar ben fy hun yn y blydi twll 'ma. Damia fi, damia'r lle 'ma, damia pawb.

'Be sy?' medda Enfys.

'Falla na fydda i ddim yma pan ddoi di'n dy ôl. Dwi 'di cal llond bol, ma'n rhaid i mi fynd o 'ma, dydi o ddim o bwys genna i be ddudith yr hen bobol, ma'r hen le 'ma yn ddigon i ladd rhywun. Does 'na ddim byd yma.'

'Nagoes, ti'n iawn, dwi'n edrach ymlaen at gal mynd o 'ma yfyd. Fedrwn ni sgwennu at yn gilydd, mi fasa'n bechod i ni dorri cysylltiad rŵan yn basa?'

'Basa, 'wrach; gawn ni weld sut ma petha'n mynd ia?'

'Ia.'

Mi ddaru ni'n dau ddechrau cusanu wedyn ac roedd hynny'n gwneud pethau'n waeth oherwydd roedd o'n rhoi blas i mi o'r hyn fedra ddigwydd. Honno oedd y gusan neisia gefais i erioed, roedd hi'n ffantastig. Wedi i ni gyrraedd tŷ Enfys, mi ddywedson ni 'nos dawch' ac roeddwn i'n gwybod yn fy nghalon ein bod ni'n dweud hynny am y tro olaf. Ar fy ffordd adref, mi welais i fod yna olau yn nhŷ Yncl Dic ac mi es i yno ar fy mhen. Mi gafodd yr hôm-briw glec go arw a rhwng hynny a sgwrsio Yncl Dic, mi wellodd pethau ryw fymryn.

Y diwrnod wedyn, roeddwn i'n cerdded i lawr y llan pan waeddodd Buwch arna i:

'Hei, Bleddyn, tyd efo fi i'r Neuadd Goffa.'

'Nô wê, mêt, dwi'm 'di cal dim byd ond trwbwl ers y dwrnod cynta ddoth rheina yma. Dwi'm yn mynd yn agos at y lle eto.'

'Ond ma raid i chdi ddŵad, ma Banjo wedi rhoi tröedigaeth i Rolsyn.'

'Be?'

'Ma Banjo wedi rhoi tröedigaeth i Rolsyn ac mae o'n cal yr Ysbryd Glân rŵan. Tyd, tyd i ti gal 'i weld o.'

Fedrwn i ddim peidio â mynd, roedd meddwl am y peth yn ddigon i wneud i mi chwerthin. Rolsyn o bawb wedi cael tröedigaeth, be oedd yn digwydd? Fedar Rolsyn ddim rhoi dau air wrth ei gilydd heb ddefnyddio rheg rhyngthyn nhw ac mae o'n un o'r diawliaid mwya castiog yn yr hen le 'ma. Pan aethon ni i mewn i'r neuadd, roedd Rolsyn â'i lygaid ar gau ac roedd y Saeson yn siarad rhyw iaith ryfedd. Wyddwn i ddim pa iaith oedd hi oherwydd doeddwn i erioed wedi ei chlywed hi o'r blaen, ond doedd hi ddim yn gwneud unrhyw fath o sens o gwbl i mi. Mi agorodd Ruth ei llygaid a dweud wrthym ni am eistedd i lawr. Mi eisteddodd Buwch a fi i lawr a dechrau gwrando ar yr iaith ryfedd:

'. . . lami di banta. . . fforta lwsci. . . morti labindo pwndw. . . labia labia labia. . . dese mahara toldi. . . swndi bon bo. . . cacws bwncws. . . ffrindi pwpo saca. . . mondo dwndi esdrondo. . . miti salondi condi co. . . lamadws scrwmbanda. . . scwntrwm locsi fflimpendo. . .'

Roedd y ffwl-teim efanjylist wedi rhoi ei ddwylo ar ben Rolsyn ac roedd o'n dweud wrtho fo am sbîc-in-tyngs, os oedd o'n teimlo fel gwneud hynny. Roedd yna olwg ddifrifol uffernol ar wyneb Rolsyn, a chyn hir, dyma fo'n dechrau arni hi:

'Ash is onnen. . . ôc is derwen. . . holi tri is pren

celynen. . . hors is ceffyl. . . step is staer. . . coc is
ceiliog. . . hen is iâr. . . bara wen aim hyngri. . . cwrw
wen aim drei. . . gwely wen aim teiyrd. . . nefoedd
wen ai dai.'

Banjo oedd y cyntaf i ddechrau chwerthin, ac
wedyn mi ymunodd y Cymry i gyd—roeddan ni'n
cael ffitia pinc. Roedd y ffaith fod y Saeson â golwg
mor ddifrifol arnyn nhw yn gwneud pethau'n
waeth—doeddan nhw ddim yn deall y jôc. Mi fuo'n
rhaid i ni fynd oddi yno oherwydd roedden ni'n
sgrechian chwerthin dros y neuadd, a gadael y
Saeson druan yno yn sbio'n syn arnon ni.

Ymhen rhyw ddeuddydd, roeddwn i'n eistedd
wrth y bỳs sheltyr ac yn gwrando ar sŵn y ceir ar y
ffordd fawr pan basiodd y Crusdians yn y fan,
roedd yna olwg ddigon trist ar eu wynebau nhw i
gyd wrth iddyn nhw ei chychwyn hi'n ôl am
Lloegar. Mi ddaeth Banjo rownd y gornel wedyn,
ac medda fo:

'Ti'n o lew Bledd?'

'Iawn, Banjo.'

'Faint o bres sgen ti?'

'Yn agos at bunt. Pam?'

'Sgen ti awydd fflagyn neu ddwy o seidar? Awn
ni â nhw i lawr at yr afon a'u hyfad nhw yn fanno fel
'dan ni'n arfar neud pam ma hi'n braf, ia?'

'Ia O.K. 'ta.'

'Tyd â'r buntan 'ta, a'i i'w nôl nhw i'r Chwain.'

Mi edrychais i ar Banjo'n cerdded i fyny'r llan.
Roedd o wedi ailddechrau gwisgo ei jaced ddenim
a'i het ffelt. Roedd yr haf bron â dŵad i ben ond
roedd Banjo wedi dŵad at ei goed, diolch i Dduw
am hynny.

Lycshyri Wîc-End

Roeddwn i ar bigau'r drain wedi i'r Crusdians adael, ac wedi i Enfys fynd i ffwrdd i'r Coleg. Wyddwn i ddim be i'w wneud efo fi'n hun, roeddwn i wedi cael llond bol. Mi driais i ddarllen ambell i lyfr, ond doeddwn i ddim yn cael blas arnyn nhw ac roeddwn i'n methu â chanolbwyntio. Petawn i'n medru fforddio, mi fuaswn i wedi treulio pob prynhawn yn y Chwain, ond doedd genna i ddim pres, a doedd yr hen bobol ddim yn fodlon rhoi pres i mi i fynd i yfad. Doeddwn i ddim eisiau tynnu dim o fy mhres o'r Post, neu mi fasa hi wedi canu arna i petawn i eisiau mynd i ffwrdd i fyw ryw dro. Yr unig beth roeddwn i'n medru ei wneud yn iawn oedd meddwl am ferchaid. Roeddwn i'n cerdded o gwmpas y tŷ drwy'r dydd efo rhyw hen hyw-fin, unwaith roeddwn i'n madael â hwnnw, roedd o'n dychwelyd ar ei union, ac roedd trio cael gwared â fo, mor anodd â thrio dengid oddi wrth eich cysgod. Roeddwn i'n eistedd yn y parlwr ffrynt drwy'r dydd, a bob tro roedd yna ddynas yn pasio, roeddwn i'n neidio at y ffenast, ac yn llygadrythu arni hi, yn union 'run fath ag y mae ci yn stwffio ei ben o dan ddrws y shed pan fydd yna ast sy'n cwna rywle o fewn hannar canllath iddo fo. Mi ddechreuais i boeni am y peth, oherwydd roeddwn i'n meddwl fod yna rywbeth mawr yn bod arna i. Mae'n iawn meddwl am ferchaid bob yn hyn a hyn, ond roeddwn i wedi dechrau mynd yn obsesd efo pob dynas roeddwn i'n ei gweld, ac mi fuo bron i mi â gwneud apointment efo Dr Francis a gofyn iddo fo am brishgripshiwn o'r hen stwff yna maen nhw'n ei roi i'r hogia sydd yn y jêl. Roedd y peth yn medru bod yn embarasing iawn ar adega hefyd.

Un bore dydd Sul, roeddwn i wedi mynd efo'r hen ddynas i'r cyfarfod gweddi yng nghapal Nasareth, doedd genna i fawr o ddiddordeb yn y cyfarfod, oherwydd pethau diflas iawn ydi cyfarfodydd gweddi, mae'n well genna i fynd i wrando ar bregath o lawer, yn enwedig os bydd yno bregethwr diarth. Mae yna rywbeth esceiting iawn mewn gweld pregethwr diarth am y tro cyntaf. Pan fydd rhywun yn mynd i mewn i'r capal, ac yn eistedd i lawr, mae o'n medru gweld y pregethwr diarth yn malu cachu yn ddistaw bach efo'r blaenoriaid, ac wedyn mi fedar o fynd ati i ddychmygu sut fath o bregethwr fydd o. Fydd o'n un distaw sy'n gwneud lot o sens, neu fydd o'n un swnllyd sydd ddim yn gwneud sens o gwbl? Rhein ydi'r cwestiyna y mae rhywun yn cael llonydd i bendroni yn eu cylch nhw. Y pethau mawr ydi'r rhai swnllyd fel arfer, ond dydi'r ddamcaniaeth honno ddim yn dal dŵr bob amser oherwydd dwi'n cofio un pregethwr mawr, llydan, yn cerdded i'r pulpud, roeddwn i'n meddwl yn sâff ei fod o am gracio'r waliau, ond roedd o fel oen bach, ac mi bregethodd o am y sentriffiwgal ffôrs, wyddwn i ddim be oedd sentriffiwgal ffors ond mi lwyddodd y boi i wneud y peth i swnio'n uffernol o ddiddorol a honno oedd y bregath orau glywais i yn fy mywyd, er nad oeddwn i wedi deall 'run gair ohoni hi. Beth bynnag, roeddwn i'n y cyfarfod gweddi efo'r hen ddynas, a fedrwn i yn fy myw beidio â sbio ar din Morfydd Mai yr organydd-es. Mae o'n glamp o din a fedrwch chi ddim ei fethu o oherwydd fod sêt yr organ yn uwch na'r seti eraill i gyd. Pan mae hi'n eistedd i lawr, mae'r tin yn symud i gyd yn union fel ag y mae sment yn ei wneud pan rowch chi fricsan i orwedd arno fo. Roeddwn i'n eistedd yn y fan honno ac yn sterio ar y tin, a doeddwn i ddim yn sylweddoli fod John Post-man wedi fy ngalw i ymlaen i ledio emyn, hyd nes y teimlais i benelin yr hen ddynas yn pwnio fy senna. Pan ddeffrais i mi welais i fod pawb yn y capal yn sbio arna i ac roeddwn i'n cerdded i'r sêt fawr yn union 'run fath ag y mae oen llŵath yn cerdded i ben draw'r cae wedi i chi luchio bwcedad o ddŵr oer am ei ben o. Pan gyrhaeddais i'r fan honno, mi ddywedais i wrth John Postman fod yna lychedan o gwmpas y lle a bod honno wedi effeithio ar fy nghlustia. Mi fues i'n hel meddylia am Morfydd Mai drwy'r prynhawn ac roedd sŵn ei sana hi yn rhwbio yn erbyn ei gilydd yn fy mhen i drwy'r amser. Roeddwn i yn meddwl mai'r tywydd oedd yn effeithio arna i oherwydd roedd hi wedi bod yn glòs ddiawledig ers diwrnodiau. Fedrwn i ddim profi mai'r tywydd oedd y drwg ai peidio oherwydd nid matar bach ydi gofyn i rywun—'Yda chi'n cael rhyw hen awydd rownd y rîl pan mae hi'n glòs?' Ymhen rhyw dridia, mi ysgafnodd y tywydd ac roeddwn inna'n teimlo fymryn yn well, ond mi waethygodd pethau yn ddirfawr pan gyrhaeddodd yr Ostin-Lefn-Hyndryd o flaen y tŷ acw.

Doeddwn i ddim wedi gweld Yncl Glyn ac Anti Dil ers tro. Bob tro roeddan nhw wedi galw yn y gorffennol, roeddwn i allan yn rhywle. Ar fin cychwyn i'r Chwain yr oeddwn i y nos Sadwrn honno, ond pan welais i Anti Dil, mi benderfynais i aros yn y tŷ am sbelan er mwyn i mi gael sbio arni hi. Brawd yr hen ddyn ydi Yncl Glyn, ac mae o wedi bod yn cwyno ers blynyddoedd. Dydi calon yr hen gradur ddim yn rhyw glyfar iawn oherwydd ei fod o wedi cael dwy hart-atac, mae ei frest o fel cors hefyd ac mae o'n pesychu 'run fath â rhyw hen ddafad bob munud. Doeddwn i erioed wedi sylweddoli tan y diwrnod hwnnw fod Anti Dil yn gymaint o bishin. Roedd hi'n gwisgo ffrog dynn a oedd yn ei ffitio hi fel maneg ac yn dangos siâp ei chorff hi'n blaen. Wnaeth hi ddim ajystio ei ffrog 'run fath ag y mae merchaid yn arfer ei wneud pan maen nhw'n eistedd i lawr, ac roedd rhywun yn medru gweld ei chlunia hi. Roedd ganddi hi bâr o goesau hir, siapus—dim rhy dew a dim rhy denau, ac roeddwn i'n sylwi fod yr hen ddyn yn cael sbec go-lew arnyn nhw hefyd. Botyl-blond ydi Anti Dil, yn ôl yr hen ddynas, ac roedd ei wyneb hi yn un plastar o fêc-yp; roedd rhywun yn medru gweld ei bod hi'n ddynas ddel iawn ac roedd ganddi hi wefusau trwchus a llygaid mawr glas. Dydi'r hen ddynas ddim yn licio Anti Dil a dydi hi ddim yn deall be ddaeth dros ben hogyn da fel Glyn i'w phriodi hi. Gwneud hynny ar y ri-bownd ddaru o ar ôl iddo fo golli ei wraig gyntaf, medda hi, ac roedd hi'n amlwg i bawb fod Anti Dil eisiau rhoi ei phump ar ei gadw-mi-gei o—doedd Glyn ddim yn brin o ryw geiniog neu ddwy yn ôl y sôn. Mi ddaru pawb ddechrau sôn am y teulu—rhyw yncl wedi cael tynnu ei gôl-stôns, rhyw anti wei cael histyrectymi, cneithar wedi cael mis-carij, a peils rhyw gefndar wedi gollwng ar ôl wythnos o ddioddefaint. Mi ddywedodd yr hen ddynas wrtha i am fynd i'r cefn i'w helpu hi i wneud tamad o swpar. Wedi iddi hi gau drws y gegin fach, mi ddechreuodd hi ladd ar Anti Dil a dweud ei bod hi'n gomon a ballu. Roedd hi'n diawlio eu bod nhw wedi galw'n ddirybudd wrth iddi hi dyrchu yn y cypyrddau am dùn o samon coch. Dim ond un dorth oedd ganddi hi ac roedd hi'n dweud y basa'n rhaid i'r hen ddyn a finna fynd heb frechdan tan fore dydd Llun. Doeddwn i ddim yn poeni rhyw lawer am hynny, ond roedd hi'n gwneud song-and-dans uffernol ynghylch y peth. Fel yna mae hi wastad pan mae yna rywun yn dŵad acw, mae hi yn hwrjo rhyw ffidan arnyn nhw'n syth. Mi eith hi i'r cefn wedyn a siarad efo hi ei hun a chwyno ei bod hi'n gorfod gwneud bwyd i rywun byth a beunydd. Wnaiff hi byth gyfadda nad oes ganddi hi ddim byd yn y tŷ, a dwi'n siŵr y buasai hi'n mynd ati i wneud brechdan siwgwr i bobol ddiarth petasai'n wirioneddol fain arni hi. Hen lol wirion ydi peth felna, a dwi wedi dweud hynny wrthi hi lawer gwaith, ond wnaiff hi ddim gwrando, fasa waeth i chi siarad efo'r wal, ddim. Mi aethon ni â'r sandwijis drwodd a'u rhoi nhw ar y bwrdd yn y gegin fach. Wedi i bawb eistedd o gwmpas y bwrdd, mi ddywedais i sgiws-mi a ta-ta a pha mor neis oedd cael gweld Anti Dil ac Yncl Glyn, unwaith eto, fel roedd yr hen ddynas wedi fy nysgu i i ddweud, ond cyn i mi gael cyfle i symud, dyma Anti Dil yn dweud:

'Aros funud, ciw bach, dwi'm isho dy gadw di oddi wrth neb ar nos Sadwrn, de, ha ha, ond ar dy gownt di ddotho ni yma heno, yndê Glyn?'

'Wel ia. . . y naci. . . '

'Ia, siŵr iawn. Meddwl o'n i, Harri, os fasa ni'n cael menthyg Bleddyn 'ma gen ti. . . a genna chitha Nerys bach yfyd yndê, am ryw chydig o ddyrnodia, er mwyn iddo fo gael helpu Glyn i neud yr ardd. . . '

'Wel falle fod yr hogyn. . . '

Roedd Yncl Glyn yn trio ei orau glas i gael gair i mewn, ond doedd ganddo fo ddim siawns efo hon, roedd hi'n amlwg mai ganddi hi roedd y bresus a'i fod o'n dipyn o linyn trôns.

'Ia, 'di Glyn 'im wedi bod yn rhyw ecsdra'n ddiweddar 'ma wchi, naddo, cradur bach yfyd, bechod gweld dyn yn darfod ar 'i draed, wchi Nerys. . .'

'Wel dwi 'di bod yn reit dda'n ddiwedd. . .'

'Dalan poethion sy acw, wsdi Harri, i fyny at glunia rhywun, does 'na ddim posib symud yna, dwi'm 'di cal tshans i gal dipyn o liw ar fy nghoesa leni, a ma Dyddia'r Cŵn di bod a 'di mynd. Fedra i ddim cal Glyn 'ma at lan y môr drosd 'i grogi, felly ma rhaid i mi gal clirans iawn at flwyddyn nesa, a phlannu rhyw chydig o hada gwair a ballu. Ddoi di acw, Bleddyn bach, washi?'

Chefais i ddim cyfle i ateb a chafodd neb arall ddweud dim chwaith. Roedd Anti Dil yn trio llywodraethu pawb, roedd hi fel teyrn.

'Doi, dwi'n siŵr yn doi di cariad bach, fyddi di ddim ar dy gollad wsdi, mi gei di lycshyri-wîc-end efo ni a llond dy fol o fwyd, ffeif-stâr-trîtment. Mi eiria i'r gwely yn y llofft gefn, dwi newdd gal lectrig blancet newydd sbon danlli o'r clwb. . .'

'Ia, ond Dilys, falla. . .,' medda Yncl Glyn.'

'Mi eiria i'r gwely i chdi, ac mi ddaw Glyn i dy nôl di yn y car bora dydd Iau, a dŵad â chdi'n ôl dydd Sul. Ddoi di i'w nôl o, yn doi, Glyn?'

'Wel ma genna i. . .'

'Doi, siŵr iawn. Wel dyna hynna wedi'i setlo ta. Gei di fynd rŵan ciw, ac mi edrycha i 'mlaen at dy weld di bora dydd Iau, mi ro i ddwy lam-tshop yn y popty i chdi.'

Mi gaeodd Anti Dil ei cheg o'r diwedd, ac mi blethodd hi ei breichia a sbio arna i fyny ac i lawr o'm corun i'm sowdl. Roedd Yncl Glyn â'i ben i lawr ac roedd yr hen ddynas a'r hen ddyn a fi yn sbio'n hurt ar ein gilydd.

'Ei di 'ta?' medda'r hen ddyn.

'Wel deith, siŵr iawn,' medda Anti Dil, 'wt ti'm 'di cal mwytha gen dy Anti Dil ers blynyddoedd, yn naddo cariad?'

'Wel, Dilys, 'nei di gau dy geg. . . ' medda Yncl Glyn, ond mi dorrodd yr hen ddynas ar ei draws o a dweud yn ddigon swta:

'Wel gadwch i'r hogyn atab, bendith y nefoedd i chi. Wt ti isho mynd, Bleddyn 'ta be?'

Mi edrychais i ar Anti Dil, blydi hel, roedd hi'n edrych yn secsi wrth sbio arna i felna. . . eirio'r gwely yn y llofft gefn. . . lycshyri wîc-end. . . ffeif-stâr-trîtment. . . mwytha. . . Arglwydd mawr.

'Faswn i wrth fy modd yn mynd,' medda fi, 'rwbath fedra i neud i'ch helpu chi'ch dau.'

Roedd yr hen bobol yn sbio arna i efo'u cega'n agored, yn union fel taswn i newydd ddweud fy mod i'n mynd i wneud folyntari-serfis i'r henoed.

'Wel iawn 'ta,' medda'r hen ddyn.

'Dyna fo 'ta,' medda'r hen ddynas.

'Edrach ymlaen at dy weld di, cariad,' medda Anti Dil.

Roedd ei llygaid hi'n pefrio wrth iddi hi sbio arna i, ac roedd hi'n wincio bob yn ail â pheidio. Wrth i mi gerdded o'r tŷ, mi glywais i hi'n dweud:

'Duw, ma Bleddyn wedi mynd yn hogyn mawr, nobyl, gafodd o lot o Gomplan pan oedd o'n hogyn bach, do Nerys?'

Hel meddyliau am Anti Dil fues i wedyn bob dydd tan bore dydd Iau pan ddychwelodd yr Ostin-Lefn-Hyndryd. Mi roddais i ryw ychydig o daclau mewn bag, ac i ffwrdd â ni. Roedd Yncl Glyn yn gwneud fforti ac yn codi fflem drwy'r amser. Roedd y ffenast yn agored ac roedd Yncl Glyn yn giamstar ar boeri'r fflemia a'u nadu nhw rhag cyffwrdd ochr y car. Roedd y car fel pin mewn papur ac yn sgleinio i gyd. Dydi Yncl Glyn yn gwneud dim byd heblaw golchi a llnau'r car, a'i ddreifo fo i mewn ac allan o'r garej, drwy'r dydd, medda'r hen ddyn. Doedd yna ddim lam-tshops, dim ond dwy sleisan o fecyn wedi crychu, hannar tomato ac ŵy wedi cledu ar ôl bod yn syn-beddio o dan y gril am dri chwarter awr. Roedd Mam wedi fy warnio i fod Anti Dil yn byw yn y badall ffrio, ac roedd hi'n iawn hefyd, felly y buodd hi bob dydd, saim i frecwast, saim i ginio a saim i swpar. Pan roedden ni'n bwyta ein cinio, mi gychwynnodd Anti Dil am y siop ac mi ddywedodd Yncl Glyn wrtha i y basa ni'n cael rhywbeth amgenach i swpar, wn i ddim os mai gobeithio prun ai trio codi fy nghalon i oedd o, ond mi ddaeth Anti Dil yn ôl efo tùn o sŵp, paced o drîm-topping, dau baced o coconyt-macarŵns a dau bwys o sosej. Welais i ddim golwg o lysieuyn gwyrdd na choch, tra bûm i yno; doedd fawr ryfedd fod Yncl Glyn wedi cael dwy hart-atac, myn uffarn i, roedd y ddynas yn ei ladd o, ac mi fasa hi wedi fy lladd i, rhwng pob peth hefyd, petawn i'n gorfod aros yno am fis.

Mi ddechreuodd Yncl Glyn a finna ar y gwaith yn yr ardd, yn y prynhawn, ac roedd o'n un hawdd iawn i weithio efo fo, er na fedra fo wneud rhyw lawer oherwydd roedd o'n gorfod eistedd i lawr bob rhyw bum munud, a rhoi ei ben rhwng ei goesa er mwyn iddo fo gael pesychu yn well, ac er mwyn i'r fflemia ffindio eu ffordd yn haws o'i sgyfaint o, i fyny'r ffordd goch, ac allan drwy ei geg o. Roedd o'n hen foi difyr iawn ac roedd ganddo fo lot o straeon a jôcs amdano fo a'i ffrindiau pan oedd o'n gweithio yn y chwaral ers talwm, ond mi ddechreuais i fynd yn ffed-yp pan ddaru o ddechrau sôn am Lebyr a lladd ar Blaid Cymru. Mi driais i ddweud wrtho fo, yn fy ffordd fy hun, y dyliai pawb sy'n siarad Cymraeg, fotio i Blaid Cymru, ond mi ddechreuodd o gynhyrfu wedyn a dweud fod eisiau rhoi y cat-of-nein-têls ar dina Dafydd Iwan a'r rheina, am eu bod nhw'n codi twrw bob munud ac yn gwneud bywydau bobol yn annifyr; mi fasa'n rheitiach iddyn nhw fynd i'r weinidogaeth, medda fo, yn y fan honno roedd eu lle nhw. Chymerais i fawr o sylw ohono fo wedyn, dim ond cario ymlaen efo fy ngwaith. Dwi ddim yn licio gweithio fel arfer oherwydd mae'r profiad yn boring uffernol, ac yn gwastraffu amser rhywun; mae'n lot gwell genna i yfad cwrw a darllen llyfrau a poetshio efo'r hogia a ballu, ond dwi ddim yn meindio gweithio mewn gardd oherwydd mae yna ben draw i'r job ac mae pethau'n edrych yn reit ddel ar ôl i chi orffen. Mi gawson ni sŵp a bara sleisd i swpar y noson honno a coconyt-macarŵn efo drîm-topping arni hi, i bwdin. Mi ddechreuodd Yncl Glyn sôn am y swpar chwaral bendigedig roedd ei wraig gyntaf o yn ei wneud iddo fo, ac roedd o'n codi awydd bwyd mawr a thipyn o hiraeth am adra arna i, ond mi ddywedodd Anti Dil wrtho fo am beidio ag ypsetio ei hun wrth feddwl amdani hi. Roedd Anti Dil yn cyfadde nad oedd hi'n gŵrme-cwc, ond roedd hi wedi rhoi lot o sumpathi i Yncl Glyn, a dyna roedd dyn gwael 'run fath â fo ei angen yn fwy na dim, medda hi.

Mi aethon ni ein tri eistedd o flaen y teledu ar ôl swpar, ac mi ddechreuodd Yncl Glyn chwyrnu cysgu yn ei gadair. Mi ddaru Anti Dil lwyddo i'w ddeffro fo a dweud wrtho fo am gofio cymryd ei dablets cyn mynd i'w wely. Mi aeth Yncl Glyn fel oen bach, ac roeddwn i'n ei glywed o'n pesychu wrth iddo fo gerdded i fyny'r staer. Pan glywodd Anti Dil ddrws y llofft yn cau, mi agorodd hi ddrws y seid-bord ar ei hunion:

'Fasa ti'n licio bebi-sham, cariad?'

'Na, dim diolch, Anti Dil.'

'Sheri bach 'ta?'

'Na, dwi'm yn meddwl.'

'Tyd, cym un bach efo fi, nei di, jesd i 'mhlesio i, dwi'm yn cal fawr o gwmpeini yn y tŷ ma wsdi, tyd, jesd un bach.'

Mi gytunais i'n y diwedd a setlo am febi-sham er nad oeddwn i'n licio'r stwff, peint o byrtonwd-bitar i mi bob tro. Mi ddaeth Anti Dil i eistedd wrth fy ochr i ar y soffa, ac mi ddechreuodd hi ofyn lot o gwestiynau i mi. Roedd hi eisiau gwybod a oedd genna i gariad ac a oeddwn i wedi bod yn aros i ffwrdd o adre o'r blaen. Wyddwn i ddim am be uffarn yr oedd hi'n fwydro ond mi ddeallais i'n iawn pan ofynnodd hi a oeddwn i'n meddwl bod merchaid matshiwyr 'run fath â hi yn fwy atractif Mi ddechreuais i banicio pan sylweddolais i fod Anti Dil yn trio bod yn ffresh efo fi; roeddwn i wedi dychmygu'r peth sawl gwaith ar ôl y nos Sadwrn honno, ond dau beth gwahanol ydi dychmygu a gwneud. Roeddwn i'n cael job i lyncu fy mhoer ac roeddwn i'n crynu fel jeli wrth i Anti Dil glosio ata i. Roedd hi wedi yfed tua hanner dwsin o boteli bebi-sham erbyn hyn, ac yn actio'n rhyfedd ddiawledig. Roedd hi'n dweud fy mod i'n hogyn mawr, cryf, ac yn werth fy ngweld a ballu. Mi gefais i dipyn o ofn, ac mi godais i o'r soffa a gofyn iddi hi a fasa hi'n licio panad o goffi cryf. Mi afaelodd hi yn fy mraich i wrth i mi godi, ond mi lwyddais i i gael fy hun yn rhydd, ac i ffwrdd â fi fel shot i'r gegin gefn i ferwi'r teciall. Mi ddaeth hi ar fy ôl i i'r fan honno wedyn, a dechrau gafael amdana i a dweud ei bod hi'n licio hogia ifanc mewn jîns tynn a ballu. Roedd y chwys yn tasgu oddi ar fy nhalcian i wrth iddi hi drio cusanu fy ngwddw. Roeddwn i'n gwneud fy ngore glas i drio cael gwared â hi, ond roedd hi wedi dechrau mynd yn lloerig ac yn dweud pethau fel:

'Tyd, ciw, sdim isho chdi fod ofn, fyddai'n jentyl iawn efo chdi, dwi'n gwybod be dwi'n neud, dwi'n ddynas egsbiriansd. . .'

'Arglwydd mawr, Anti Dil, dorwch gora iddi hi rŵan dydi'r peth ddim yn iawn, siŵr Dduw, 'dach chi'n anti i mi. . .'

'Dwi'n perthyn dim i chdi,' medda hi, 'Glyn sy'n perthyn i chdi siŵr, tyd, tyd i mi gal gweld be sgen ti'n fan hyn. . .'

'Na newch wir, blydi hel, ddynas. . .'

Mi lwyddais i i gael fy hun yn rhydd o'i chrafangau hi, ac roedd hi fel tasa hi wedi pwdu wedyn ac yn gwneud rhyw hen sŵn crio. Roeddwn i'n teimlo tipyn o biti drosti hi ond feiddiais i ddim mynd yn rhy agos ati hi, rhag ofn iddi hi fynd i'r afael efo fi unwaith eto. Mi ddywedodd hi ei bod hi'n mynd i'r gwely, ac mi yfais bedwar gwydraid o sheri er mwyn dŵad ataf fy hun cyn ei chychwyn hi i fyny'r staer. Roedd y gwely'n wag, ond fedrwn i ddim mynd i gysgu oherwydd roeddwn i'n disgwyl ei gweld hi'n cerdded i mewn i'r llofft unrhyw funud. Mi ddechreuais i gyfri defaid ac mi ddechreuais i ddifaru am nad oeddwn i wedi mynd i'r afael efo Anti Dil. Wedi'r cyfan, doedd hi ddim yn perthyn i mi, a'r cyfan roedd hi eisiau oedd i mi wneud ffafr fach iddi hi. Doedd yna ddim o'i le yn hynny mewn gwirionedd os oedd y gryduras fach wedi gorfod dioddef hebddo fo am flynyddoedd. Ddylia fod yna glinics ar gael i bobol felna, er mwyn iddyn nhw gael mynd yno bob yn hyn a hyn a chael rhyw damad bach pan mae'r awydd yn dŵad drostyn nhw, mi fasa hynny'n sbarin lot o drafferth a rhyw difôrs cesys a ballu. Mi ddechreuais i feddwl amdanaf fy hun fel rhyw fath o ddoctor neu soshial-wyrcyr, a fyddai'n rhoi syrfis bach i Anti Dil. Ond roedd angen mynd o gwmpas pethau yn y ffordd iawn; roedd hi wedi bod yn rhy fyrbwyll o lawer, roedd hi wedi fy atacio i, mwy neu lai, a fedrwch chi ddim gwneud pethau felna. Petawn i wedi gwneud hynny iddi hi, a hithau wedi protestio ac wedi fy riportio i i'r cops, yna mi faswn i yn Shwsbri jêl yn gwnïo bagia post y funud yma. Na, ddylia ei bod hi wedi cymryd dipyn bach o bwyll, ac wedi dandwn dipyn arna i—ffôr-ple maen nhw'n galw'r peth yn Saesneg—rhoi'r drol yn sâff y tu ôl i'r ceffyl, a pheidio bod yn rhy arw efo'r awenau wrth ei lywio fo i'r fan lle mae o i fod i ollwng ei lwyth. Roeddwn i'n cynhyrfu wrth feddwl am y peth, ac mi bender-fynais i y buaswn i'n trio helpu dipyn bach ar Anti Dil, y noson ganlynol.

Roedd Anti Dil yn glên iawn y bore wedyn ac roedd hi'n trio ffrio ŵy mewn dillad posh—mae'n siŵr ei bod hi wedi bod wrthi am oriau yn gwisgo ac yn rhoi'r mêc-yp ymlaen. Mi roddais i fy llaw ar ei hysgwydd hi amser cinio pan oeddwn i'n ei helpu i olchi'r llestri, ac mi ddywedais i wrthi hi ei bod hi'n edrych yn ddel iawn. Pan oedd Yncl Glyn a finna wrthi'n yr ardd yn y prynhawn, mi ddaeth Anti Dil allan efo'r fasgiad ddillad, ac roedd hi'n wincio arna i wrth iddi hi roi ei nicyrs ar y lein. Roedd ganddi hi rai coch, glas, du—bron bob lliw o'r enfys, ac roeddwn i'n trio dychmygu sut rai oedd ganddi hi amdani y funud honno. Mi ês i deimlo mor wan wrth feddwl am y peth, nes prin fy mod i'n medru codi'r fatwg yn uwch na fy nghanol. Roeddwn i'n teimlo dros Yncl Glyn yn ddiawledig am na fedra fo wneud dim byd efo dynas mor handi. Wrth ei weld o'n eistedd i lawr ac yn pesychu, mi ddechreuais i amau a oeddwn i wedi gwneud y penderfyniad iawn ynglŷn â helpu Anti Dil. Wedi'r cyfan, hen dric digon dan-din a dichellgar fasa trin ei wraig o y tu ôl i'w gefn o, ond wedyn, roedd o bron â darfod, ac roedd hithau'n llawn bywyd; oeddwn, roeddwn i'n gwneud y peth iawn ac roeddwn i am sticio at fy mhenderfyniad. Mi ddechreuais i deimlo'n ecseited wrth feddwl am y peth, a phob tro roeddwn i'n mynd i fyny'r staer i'r toilet, roeddwn i'n picio i mewn i fusnesa yn llofft Anti Dil. Dau singyl-bed oedd yno, ac roedd yna gannoedd o boteli sent a phacia powdwr ar hyd y lle ym mhobman ac ogla neis yn llenwi'r ystafell, cymysgfa o ogla sent ac ogla Anti Dil oedd yno, ac roedd fy nghoesa i'n wan wrth i mi gerdded yn ôl i lawr y staer bob tro.

Mi gawson ni ryw fath o ficsd-gril i swper, a chacan siop a chwstard drosti hi i bwdin. Fedrwn i ddim bwyta dim ohono fo oherwydd ei fod o'n ddrwg ac oherwydd fy mod i'n edrych ymlaen gymaint at ddigwyddiadau'r noson honno. Doeddan nhw ddim yn edrych ar y programs Cymraeg—*Y Dydd* a *Heddiw* a ballu, dim ond ar y pethau Saesneg, a rhyw hen cwis-shows lle'r oedd bobol yn ennill lot o bres am ateb cwestiynau gwirion.Roeddwn i'n disgwyl i Yncl Glyn fynd i gysgu yn ei gadair, ond roedd o mor effro â cheidwad y goleudy. Cyn hir, mi ddywedodd Anti Dil ei bod hi'n mynd i newid. Wyddwn i ddim pam ei bod hi eisiau gwneud hynny oherwydd roedd hi eisoes wedi newid tua tair gwaith y diwrnod hwnnw, ac mi ddechreuais i feddwl ei bod hi'n mynd i newid er mwyn fy mhlesio i, a rhoi rhyw ddillad arbennig ymlaen a fyddai'n siwtio'r achlysur i'r dim. Roeddwn i'n cael uffarn o job wrth danio sigarét ac mi ddechreuodd Yncl Glyn sbio yn amheus arna i. Ymhen rhyw awr, mi ddaeth Anti Dil i mewn i'r stafell, ac medda hi:

'Wela i chi, hogia, cofiwch roid y telifishon off, newch chi. Ma'na sosijis oer yn y ffrij os fyddwch chi'n llwglyd, hwrê rŵan.'

'Ond lle 'dach chi'n mynd, Anti Dil?'

'I bingo ciw, noson bingo bob nos Wenar. Cofia rimeindio Glyn i gymryd 'i dablets, 'nei di, cariad bach? Ta ta.'

Wel yr uwd a redo, dyna i chi be oedd anti-cleimacs go iawn. Blydi bingo, i be uffarn roedd hi eisiau mynd i bingo y noson honno o bob noson? Roedd hi i fod i edrych ar fy ôl i. Be ddigwyddodd i'r ffeif-stâr-trîtment? Be ddigwyddodd i'r secshi-wal-actifitis? Roedd y lycshyri-wîc-end yn troi'n misyri-wîc-end. Roedd Yncl Glyn â'i ben yn y teledu, ac mi ddechreuais i ddarllen y llyfr hyms. Wedi i mi ddarllen fy ffefrynnau i gyd, mi roddais i'r ffidil yn y to, a mynd i 'ngwely.

Roeddwn i wedi gorffen yn yr ardd erbyn amser cinio ac mi benderfynais i fy mod i eisiau mynd adre oherwydd roeddwn i wedi dechrau hiraethu am Banjo a Milc Shêc a'r hogia i gyd, ond doedd genna i ddim digon o gỳts i ofyn i Yncl Glyn i fynd â fi adre oherwydd ein bod ni wedi trefnu hynny ar gyfer dydd Sul. Roedd yna ddewis i ginio—brôn neu tỳng, tomato a brechdan. Mi ofynnais i i Anti Dil am dipyn o driog melyn i'w roi ar fy mrechdan, ac mi ddywedais i wrthi hi fy mod i awydd troi'n fejiterian. Mi edrychodd hi'n hurt arna i, a dweud nad oedd hi'n gwybod bod rhywun yn medru newid ei stâr-sein; roedd hi o dan yr argraff, medda hi, bod rhywun yn cael ei eni o dan un ac yn gorfod sticio efo fo wedyn, doed a ddelo. Roedd Anti Dil ac Yncl Dic, y bwyd a'r blydi tŷ wedi dechrau mynd ar fy nyrfs i. Mi ddechreuais i feddwl be ddiawl oedd wedi dŵad drosta i i ystyried gwneud rhyw giamocs efo Anti Dil. Roedd pob peth wedi dŵad i ben, roeddwn i wedi wastio fy amser yno ac roedd hi'n amser i mi fynd adre. Roeddwn i'n difaru'n enaid fy mod i wedi mynd yno yn y lle cyntaf. Be ddiawl oeddwn i'n ei wneud yn aros o dan gronglwyd dyn oedd yn marw a dynas secs-mad? Roedd angen berwi fy mhen i. Mi ddywedais i wrthyn nhw fy mod i yn temlo'n sâl, ac y buasai'n well i mi fynd adre. Doedd Yncl Glyn ddim yn medru mynd â fi, medda fo, oherwydd roedd o'n gorfod bod yn y British Legion erbyn dau o'r gloch, ond mi ddywed-odd o y byddai o'n ystyried y peth ar ôl dŵad adre o'r fan honno. Wedi iddo fo fynd, mi es i i orwedd ar y soffa, rhoi fy nwylo ar fy mol, a thrio fy ngore glas i wneud stumiau fel taswn i mewn poen uffernol. Roedd Anti Dil yn ffyshian drosta i, ac yn cynnig pob mathau o ffisig i mi, ond mi ddywedis i wrthi hi mai dioddef cnoi yn fy mol yr oeddwn i, ac mai'r cyfan roeddwn i ei angen oedd tipyn o lonydd a chael mynd adre.

Mi ddiflannodd Anti Dil i fyny'r staer, ac mi ddechreuais inna hepian cysgu ar y soffa. Roeddwn i'n breuddwydio fy mod i wedi cychwyn cerdded am adre o dŷ Yncl Glyn ac Anti Dil. Roeddwn i'n codi fy mawd at bob car a oedd yn pasio, a phwy stopiodd a rhoi lifft i mi, ond Eleri—un o'r twins. Roedd hi'n glên iawn ac roedd hi'n falch o fy

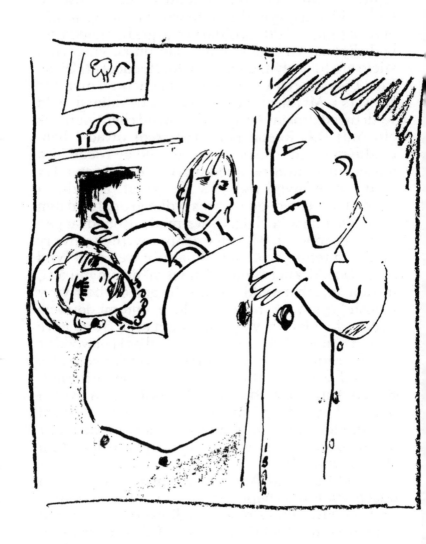

ngweld i, medda hi. Mi roddodd hi ei llaw ar fy nghoes i, ac mi yrrodd hi'r car i fyny ffordd fach gul, ac i'r goedwig. Mi ddechreuodd hi dynnu fy nillad i, yn ara deg bach, yn y fan honno. Roedden ni wedi rhoi'r seti blaen i lawr ac roeddwn i'n gorwedd ar fy nghefn a'm llygaid ar gau, yn mwynhau pob eiliad o'r profiad gorfoleddus. Yn sydyn, mi glywais i sŵn yn ymyl y car, a phan agorais i fy llygaid, pwy oedd yn sefyll yno, â'i phen reit ar y ffenast, ond Anti Dil. Mae'n rhaid fy mod i wedi dychryn yn ddiawledig, oherwydd mi ddeffrais i o'r freuddwyd, ond pan agorais i fy llygaid, roeddwn i'n meddwl fy mod i'n dal i freuddwydio oherwydd roedd Anti Dil yn eistedd wrth fy ochr i ar y soffa ac roedd hi wedi agor fy nghrys i led y pen. Mi ddywedodd hi ei bod hi am fasajo fy mol i er mwyn ei wella fo, a doedd dim angen i mi gynhyrfu dim, medda hi. Doedd genna i ddim awydd ei rhwystro hi oherwydd roeddwn i'n dal i fod mewn stad orfoleddus ac roeddwn i'n cynhyrfu fwyfwy wrth iddi hi dylino fy 'sennau i a chrafu fy mwtwm-bol efo'i hewinedd hir coch.Mi gaeais i fy llygaid 'run fath ag yr oeddwn i wedi ei wneud yn y freuddwyd ac roeddwn i'n teimlo Anti Dil yn agor fy malog i pan glywais i sŵn rhywun yn pesychu wrth y drws. Mi gerddodd Yncl Glyn i mewn i'r ystafell, ac mi aeth o'n wallgof:

'Be uffarn sy'n mynd ymlaen. . . be uffarn wt ti'n 'i neud efo 'ngwraig i. . . tyd yma, a mi dy sodra i di'r funud. . .'

'Paid â chynhyrfu Glyn bach,' medda Anti Dil, 'y fi oedd yn i egsaminio fo, 'falla bod yr hogyn wedi cal hyrnia ar ôl bod yn slafio yn yr hen ardd 'na. . .'

'Hyrnia o ddiawl, mi geith o rwbath mwy na hyrnia, dos, dos, dos i nôl dy betha, dwi'n mynd â chdi adra'r funud 'ma a mi geith dy dad glywad am hyn, o ceith, paid â meddwl bo chdi'n cal dŵad i aros i fan hyn a gneud rhyw gastia felna y funud dwi 'di troi nghefn. . . '

Roeddwn i wedi landio reit yn ei chanol hi unwaith eto ac roeddwn i'n gwybod y basa yna ddiawl o helynt yn y tŷ acw pan fyddai'r hen bobol yn clywed am y busnes. Ddywedodd Yncl Glyn 'run gair yn y car ar y ffordd adre, roedd o wedi bod yn ddigon cocynaidd yn y tŷ am fod Anti Dil yno, ond doedd o ddim am drafod y peth efo fi, er i mi drio ei berswadio fo i wneud hynny sawl tro. Roedd hi'n amlwg nad oedd ganddo fo ddigon o gỳts a'i fod o eisiau dweud wrth yr hen ddyn er mwyn i hwnnw gael fy lambastio i. Ond ddim arna i roedd y bai; Anti Dil oedd wedi fy sediwshio i, ond roeddwn i'n gwybod nad oedd yna ddim pwynt i mi drio dweud hynny wrth yr hen bobol, roedd y peth yn rhy breifat rywsut. Doedd dim llawer o geir ar y ffordd, dim ond ambell i Sais yn mynd adre i Loegar dros y gaeaf. Mi faswn wedi bod wrth fy modd petawn i'n cael mynd i ffwrdd i rywle, doedd genna i ddim byd i edrych ymlaen ato, dim ond llond pen gan yr hen bobol, ambell i beint yn y Chwain neu gêm o snwcar yn yr Y.M. Mae'n rhaid fod yna fwy i fywyd na hynny. Mi ddechreuais i ddifaru fy mod i wedi madael o'r ysgol. Petawn i wedi ei sticio hi yn y fan honno, efallai y buaswn i'n mwynhau fy hun mewn coleg neu'n gwneud rhyw job ddiddorol efo pobol ddiddorol i ffwrdd yn rhywle. Mi fasa unrhyw beth yn well na gorfod pydru am weddill fy nyddiau yn y twll lle 'na. Roedd Sei wedi ei gweld hi oherwydd roedd o i ffwrdd y rhan fwyaf o'r amser ac yn dŵad adre bob yn hyn a hyn i gael tipyn o hwyl efo ni. Doedd o ddim yn gorfod dioddef ei fam a'i dad yn dweud wrtho fo be i'w wneud, 'run fath â fi, a doedd o ddim yn gorfod cerdded i lawr y llan a theimlo fod pawb yn sbio ac yn lladd arno fo am nad oedd o'n gweithio ac am ei fod o wedi bod mewn trwbwl; oedd, roedd Sei yn mwynhau'r gorau o'r ddau fyd. Roeddwn i bron â chrio yn y car, ac roedd genna i awydd neidio allan a lladd fy hun, ond doedd yna fawr o siawns am hynny oherwydd dim ond fforti-meil-an-owyr roedd Yncl Glyn yn ei wneud, a'r cyfan fyddwn i'n ei ddioddef fyddai rhyw dolc bach yn fy mhen neu dorri rhyw ychydig o esgyrn; mae gofyn i chi fod yn gwneud cant os ydach chi eisiau lladd eich hun mewn car. Wedi i ni gyrraedd y tŷ, mi afaelodd Yncl Glyn ym mraich yr hen ddyn a mynd efo fo drwodd i'r cefn. Roeddwn i'n gwybod be oedd yn mynd i ddigwydd unrhyw funud, ac felly mi heglais i hi allan, a mynd ar fy union i dŷ Yncl Dic oherwydd doeddwn i ddim eisiau gorfod wynebu'r storm y noson honno.

Hel fy Mhaciau

Wn i ddim pam, ond ddaru'r hen bobol ddim sôn 'run gair am yr helynt. Roedd hi'n amlwg eu bod nhw wedi clywed am yr hyn ddigwyddodd oherwydd roedd yna olwg ddigalon ar eu hwynebau nhw, a doeddan nhw ddim yn fodlon rhannu rhyw lawer o'u Cymraeg efo fi. Wn i ddim sawl gwaith y bu bron i mi drio esbonio'r cyfan iddyn nhw yn ystod y dydd Sul angladdol hwnnw, ond methu ddaru mi bob tro. Sut yn y byd mawr fedrwch chi egluro digwyddiad o'r fath i'ch mam a'ch tad, a hynny ar y Sabath o bob diwrnod? Roeddwn i'n hanner disgwyl i'r hen ddyn fynd i'r afael efo fi ar ôl i'r hen ddynas fynd i'w gwely, ac yn y cyfamser, mi ddechreuais i gyfrif yr adegau hynny pan oeddwn i wedi gorfod disgwyl am wialen fedw, lempan neu lond pen, ond mi gollais i gownt rhywle rhwng lluchio carreg drwy do tŷ gwydr Twm Ephraim, pan oeddwn i'n naw oed, a chachu ar stepan drws Tŷ'r-ysgol, efo Milc Shêc, pan oeddwn i'n un ar ddeg. Ond mi aeth yr hen ddyn i'w wely'r un amser â'r hen ddynas, heb ddweud bw na be, heblaw am 'nos da' digon swta.

Roedd Banjo a finna wedi trefnu i fynd i gefnogi tîm darts ar y nos Lun, ac er mwyn gwneud yn sâff fod genna i ddigon o amser i gael rhyw beint neu ddau yn y Chwain cyn i'r mini-bỳs gyrraedd, mi es i i molchi a newid ar ôl i mi fwyta fy swper. Pan oeddwn i wrthi'n gwisgo, mi ddaeth yr hen ddynas i mewn i'r llofft, a gofyn i mi lle'r oeddwn i'n cychwyn. Mi ddywedais i wrthi hi i lle'r oeddwn i'n mynd, ac mi ddywedodd hi ei bod hi a'r hen ddyn eisiau gair bach efo fi cyn i'r un o nhraed i fynd i unlle. Be oedd achos yr holl oedi? Pam na fasan nhw wedi ei rhoi hi i mi y diwrnod cynt os oeddan nhw wirioneddol eisiau rhoi llond pen go iawn i mi? Efallai eu bod nhw eisiau i mi ddioddef, medda fi wrtha fi'n hun, ac eisiau i mi feddwl fy mod i wedi cael maddeuant cyn iddyn nhw roi sypreis-atac i mi. Roedd yna un fendith, cwta hanner awr oedd ganddyn nhw i ddweud eu dweud; doeddwn i ddim am golli'r trip darts, doed a ddelo—hwnnw oedd yr unig ddihangfa dros-dro allan o'r hen le 'ma, a'r unig gyfle i drio cael gafael ar hogan ddiarth. Pan es i i lawr staer, roedd y ddau ohonyn nhw'n eistedd ac yn aros fel dau dwrna wrth fwrdd y gegin fach, ac yn edrych fel tasa yna rywun wedi rhoi gormod o halen yn eu potas nhw. Yr hen ddynas oedd yn siarad; ddywedodd yr hen ddyn fawr o ddim.

'Ma dy dad a finna wedi bod yn meddwl,' medda hi.

'O.'

'Wt ti'n gwrando rŵan?'

'Yndw.'

'Wel ista i lawr yn fanna am funud 'ta.'

Mi roddais i fy nhin i lawr ar gadair yr hen ddyn ac mi roedd o ar fin fy hel i oddi yno pan ddywedodd yr hen ddynas wrtho fo am adael llonydd i mi.

'Ma dy dad a finna wedi bod yn meddwl. . . y. . . wel mi wt ti wedi bod yn cnengian am gael mynd i ffwrdd i fyw, ers tro rŵan yn do. Rydan ninna wedi gwrthod gadal i chdi fynd am nad oedd gen ti job i fynd iddi hi, ond fedrwn ni ddim dy gadw di yma am byth, ac mi fasa'n well genna ni dy weld di'n mynd o 'ma efo sêl ein bendith ni yn hytrach nag yn groes i'n hewyllys ni. Wt ti'n dal isho mynd i ffwrdd?'

'Yndw.'

'I lle fasa ti'n licio mynd 'ta?'

'I Gaerdydd.'

'Be sy mor sbeshial am Gaerdydd?'

'Achos fod yna lot o byb. . . achos fod yna lot o waith yna, ac achos fod yna lot o Gymry'n byw yna, ac ma Mal Jôs wedi deud y ca i fynd i aros i'w fflat o nes bydda i wedi ffeindio job a chael fflat i mi fy hun. . .'

'Be, wt ti 'di gofyn iddo fo'n barod?'

'Do.'

'Pryd?'

'Y tro diwetha roedd o adra,'

'Be ma Malcym Jones yn 'i neud yn Caerdydd? Yn yr Iwnifyrsyti mae o ia?'

'Naci, Llandaff Tec, neu rwbath.'

'Be mae o'n neud yn fanno?'

'Dysgu sut i neud petha efo cyrff, dwi meddwl, post-mortym, neu rwbath. . .'

'W damia fo, hen hogyn digon rhyfadd oedd o, ond ma Cathrin, i fam o yn hen hogan ddigon clyfar mi ga i air efo hi. . .'

'Arglwydd na, paid wir Dduw. . .'

'Pam? Does 'na ddim drwg mewn gofyn iddi hi sut le sy geno fo yn nagoes? Dwi ddim isho i chdi fynd i fyw i'r un twlc mochyn. . .'

'Wel, paid â deud dim wrthi rŵan, does 'na ddim wedi cael ei setlo yto yn nagoes?'

'Nagoes, decini. Wel dyna fo 'ta. Mi fues i'n y lle dôl yn dre pnawn 'ma ac roeddan nhw'n deud y cei di alowans i symud i rywle i chwilio am waith. Paid â meddwl ein bod ni'n trio dy hel di o' 'ma, ond does 'na fawr o ffiwtshyr i hogia ifanc 'run fath â chdi yn fan hyn, ond cofia fod 'na groeso i chdi adra bob amsar. Os ei di i ffwrdd a phenderfynu bo chdi ddim yn licio yna, mi fydd y drws 'ma wastad yn agored. 'Nei di gofio hynny?'

'Gwnaf.'

'Meddylia di am y peth am dipyn, a phan fyddi di wedi penderfynu'n iawn, mi gawn ni sgwrs amsar hynny, mi driwn ni neud ein gora drosta chdi, yn gnawn, Harri?'

'Y. . . o ia. . . gnawn.'

Doeddwn i ddim yn coelio'r hyn roeddwn i newydd i glywed. Sawl gwaith roeddwn i wedi pledio efo nhw nad oedd ganddyn nhw'r hawl i fy nghadw i adre? Faint o weithiau roeddwn i wedi bygwth dengid i ffwrdd? Cannoedd o weithiau, a'r cyfan oedd yn digwydd bob tro oedd fod yr hen ddyn yn mynd ati i ffeindio job i mi neu yn fy ngyrru fi am intyrfiw i rywle. Mae'n rhaid fod yr helynt efo Anti Dil wedi cario'r neges adre, a'u bod nhw wedi sylweddoli o'r diwedd nad plentyn oeddwn i mwyach. Roeddwn i bron â marw eisiau dweud y newyddion wrth Banjo, ond wedi i mi ddweud wrtho fo, mi ddisgynnodd ei wep o, a doedd ganddo fo fawr o sylw ar y mater. Mi ddywedodd o 'Os wt ti isho mynd, yna dy fusnas di ydi hynny.' Roedd o fel tasa fo eisiau lluchio dŵr oer am ben y cyffro roeddwn i'n ei deimlo ynghylch mynd i ffwrdd, ond doeddwn i ddim am adael iddo fo wneud hynny; os fel yna roedd o'n teimlo, wel twll ei din o. Wn i ddim pam roedd o'n teimlo fel yna chwaith, efallai ei fod o'n genfigennus—roedd o wedi dengid i ffwrdd i Lundain un tro, ond mi ddaeth o yn ei ôl ymhen pythefnos, ac roedd rhai yn dweud ei fod o wedi dychryn ac wedi torri ei galon yno. Chlywais i rioed mo Banjo'n dweud ei fod o eisiau symud o'r hen le 'ma, ond wedyn, roedd hi'n iawn arno fo, roedd ganddo stafell fawr iddo fo'i hun yn y tŷ, ac roedd ei dad o wedi gadael llonydd iddo fo er pan oedd ei fam o wedi marw. Marw o gansar ddaru mam Banjo, ei chynhebrwng hi oedd y cynhebrwng mwyaf welais i erioed, ac mi ddaru pawb yn yr hen le 'ma gau eu cyrtans y diwrnod hwnnw o ran parch oherwydd roedd hi'n ddynas neis iawn.

Mi gawson ni noson dda iawn efo'r tîm darts, ond doeddwn i ddim yn medru canolbwyntio ar y gêm nac ar y merchaid, roedd fy meddwl i'n crwydro strydoedd Caerdydd. Roeddwn i wedi bod yno unwaith o'r blaen; mi aeth yna lond car ohonon ni i lawr yno i weld cyngerdd Led Zeppelin. Roeddwn i i'n aros yn fflat Mal, yn Richmond Road bryd hynny, ac mi gawson ni uffarn o amser da. Mi aeth o â ni i byb o'r enw New Ely lle'r oedd yna ddwsinau o ferchaid handi, pawb yn siarad Cymraeg yno, a phawb yn canu'n Gymraeg ac yn cael uffarn o hwyl. Roeddwn i'n siŵr o ffeindio hogan ddel efo rhyw-beth yn ei phen hi, yng Nghaerdydd, ac wrth edrych o'm cwmpas yn y pyb y noson honno, a gweld y merchaid yr oedd Banjo'n malu cachu efo nhw, gora po gynta y byddwn i'n hel fy mhaciau a'i chychwyn hi am y de. Roedd pawb yn canu yn y mini-bỳs ar y ffordd adre—'Sixteen Cowboys to carry my coffin' a 'Green green grass of home' a ballu. Roedd Banjo wedi cael boliad go-lew ac roedd o'n siarad yn union fel tasa geno fo dysan boeth yn ei geg. Pan oedden ni'n dŵad allan o'r bỳs, roedd ganddo fo ddagrau mawr yn ei lygaid, ac medda fo wrtha i wrth afael yn fy llaw a'i gwasgu hi'n dynn:

'Wel, Bledd, so long rhen bartnar, ond dwi isho deud wrtha chdi cyn i ti fynd, ma chdi ydi fy mêt gora i, 'dan ni 'di bod drwyddi hi efo'n gilydd yn do, trw'r thic and thun, chdi a fi, Iesu, dwi'n meddwl y byd ohona chdi sdi, yndw, meddwl y byd yfyd, fydd yr hen le 'ma byth 'run fath hebdda chdi. . .'

Roedd o'n gorwedd arna i ac roedd o wedi plethu ei freichau rownd fy ngwddw. Roeddwn i'n cael diawl o job wrth drio ei ddal o i fyny ar ei draed.

'Callia, Banjo,' medda fi, 'dwi'm 'di mynd yto, siŵr Dduw. . .'

Mi symudodd o oddi wrtha i, a gorwedd ar y wal y tu allan i'r Chwain. Roedd o wedi dechrau codi ei lais 'run fath ag yr oedd o'n ei wneud bob tro'r oedd o wedi cael gormod o gwrw, ac roedd genna i ofn i rywun ddŵad allan o'r tai a dechrau cega arnon ni am gadw sŵn yn hwyr yn y nos.

'Do, wt ti 'di mynd, wt ti 'di mynd, unwaith wt ti 'di meddwl am fynd, ma dy galon 'di wedi mynd. . .'

'Wel naddo'r cotsyn gwirion, falla na fydda i'n mynd o gwbwl, ma'n dibynnu be ddigwyddith, yn dydi, ma'n dibynnu ga i fynd i aros i fflat Mal a ballu. . .'

Roeddwn i'n gwybod nad oedd Banjo'n rhyw hoff iawn o Mal, oherwydd fod hwnnw wedi pasio ei arholiadau yn yr ysgol. Doedd Banjo ddim yn licio neb oedd wedi gwneud yn dda oni bai ei fod o'n ffrindiau efo nhw, ac medda fo:

'Ffwcio Mal Jôs, dwi'm yn siarad am Mal Jôs, siarad amdana chdi dwi, a dwi'n deud wrtha chdi, ma dy galon 'di wedi mynd, ma hynny yn syrt, ond mi fydda i'n dal yn fêt i chdi, dio'm bwys be nei di, mi fydda i'n fêt i chdi am byth. Ond be sy mor grêt am Gaerdydd a ffwcin Mal Jôs, a?'

Doeddwn i ddim yn mynd i athronyddu na dadlau efo Banjo, doedd dim pwynt, roedd o'n rhy chwil, ac yn amlwg wedi ypsetio ei hun yn ei gwrw.

'Gwranda,' medda fi, 'gawn ni sgwrs am y peth rywbryd eto, pan fyddwn ni wedi sobri dipyn. . .'

'Ia ia, dwi'n mynd, gobeithio y gwnei di ffeindio be wt ti'n chwilio amdano, feri sori bod o ddim genna ni. . .'

'Hei tyd laen, Banjo, sy 'im isho bod felna yn nagoes. . .'

'Nyff sed, gad hi fod yn fanna, dwi'n dal yn fêt i chdi, wela i di, wela i di. . .'

Doedd o ddim yn rhyw sad iawn ar ei draed ond doedd genna i ddim awydd ei hebrwng o adra oherwydd doeddwn i ddim eisiau gorfod gwrando arno fo'n pregethu. Wrth iddo fo gerdded i lawr y llan, o un ochr i'r ffordd i'r llall, roedd o'n canu ar dop ei lais—'Leave your stepping stones behind now, something calls for you, forget the dead you've left, they will not follow you. . . strike another match, go'n start anew, and it's all over now baby blue. . .' Roedd yna rywbeth sensitif a chlyfar iawn yn Banjo, chwarae teg i'r hen greadur; doedd o ddim yn genfigennus wedi'r cyfan, gofidio yr oedd o am fy mod i'n mynd i ffwrdd.

Mi anfonais i lythyr at Mal Jôs; roeddwn i'n disgwyl cael atebiad efo troad y post, ond yn ofer. Doeddwn i byth yn cael llythyrau, dim ond amlen frown bob dydd Sadwrn efo'r tshiec dôl ynddi hi, ac felly roeddwn i'n edrych ymlaen at dderbyn amlen fach wen, 'run fath ag yr oeddwn i wedi edrych ymlaen at gael un gan Enfys wedi iddi hi fynd i ffwrdd i'r coleg, ond ddaeth dim un amser hynny chwaith. Mi ddechreuais i grwydro'r llan i chwilio am John Postman, ond ysgwyd ei ben roedd o bob bore. Ddaeth dim llythyr. Ymhen tua naw diwrnod, mi ffôniodd Mal Jôs ar bnawn dydd Sadwrn. Roedd o mewn clwb rygbi yn rhywle ac roedd hi'n ddigon hawdd dweud ei fod o wedi cael rhyw un neu ddau, oherwydd roedd o'n poetsho'n uffernol. Doedd o ddim wedi cael y llythyr tan y bore hwnnw, medda fo, doedd o dim wedi bod yn y fflat ers pythefnos— roedd y diawl wedi bod yn cysgu yn fflat ei gariad. Mi ddywedodd o fod yna groeso i mi fynd i aros i'r fflat, ac mi ddywedais i y byddwn i yno ymhen yr wythnos.

Roedd yr hen bobol yn glên iawn efo fi yn ystod yr wythnos honno, yn glên uffernol. Roeddan nhw mor glên nes bron gwneud i mi newid fy meddwl ynglŷn â mynd i ffwrdd, a chanslo'r trefniadau i gyd. Mi ddechreuodd yr hen ddynas siarad yn blaen iawn efo fi; doedd hi erioed wedi siarad fel yna efo fi cyn hynny, ac mi ddechreuodd hi roi rhyw gynghorion bach i mi bob yn hyn a hyn, weithiau pan oedd hi'n golchi'r llestri neu'n rhoi'r glo ar y tân. Doeddwn i ddim i yfed gormod, doeddwn i ddim i ddechrau rhoi pres ar y ceffylau na gamblio o unrhyw fath. Roeddwn i gadw'n glir oddi wrth bob hwran. Os oeddwn i'n mynd i'r gwely efo hogan, yna roeddwn i i fod i wisgo ffrensh-letar ar bob cyfrif, hyd yn oed os oedd yr hogan yn dweud ei bod hi ar y smartis, roedd yn rhaid i mi wisgo'r ffrensh-letar, rhag ofn ei bod hi'n dweud celwydd— roedd yna lot o ferchaid yn gwneud hynny oher- wydd eu bod nhw jest â marw eisiau cael babi, medda hi. Os oeddwn i'n mynd i ddyled, yna doeddwn i ddim i fenthyg pres gan neb; roeddwn i i fod i ffônio neu sgwennu adre, a gofyn iddi hi am ryw geiniog neu ddwy. Mi fuo'n rhaid i mi addo y buaswn i'n cofio ei geiriau hi, ond addo mewn anwybodaeth roeddwn i.

Mi ddechreuais i grwydro'n aml, ar fy mhen fy hun, i lawr at yr afon, ac i fyny i'r Graig Wen. Roeddwn i'n teimlo fel dyn a oedd newydd glywed ei fod o'n dioddef o ryw afiechyd angheuol: eisiau dengid oddi wrth y boen a'r dioddefaint, ond eto, am ryw reswm anesboniadwy, yn mynnu cael crwydro'r filltir sgwâr, a hel atgofion, a rhamantu. Roedd gan ddaear y fro ei swyn arbennig, a doedd hi ddim yn fodlon rhyddhau neb ar chwarae bach. Wnes i erioed sylwi pa mor dlws oedd yr ardal tan yr wythnos honno. Piti ar y diawl fod yna ryw bobol bach granclyd, ryfedd, wedi codi eu tai yno, ac anharddu'r lle. Roedd y dail yn newid eu lliw, doedd yna ddim Saeson yn crwydro ar hyd y fan ac roedd hi'n dawel fel y bedd. Roedd sŵn yr afon yn dweud y stori i gyd; roedd hi'n gwybod fy hanes i yn well na neb, ac wedi bod yn llygad-dyst i lawer i berfformans ar lwyfan y dorlan, ond doedd hi erioed wedi fy nghondemnio. Petawn i wedi cael y cyfle i fyw yn y ffordd roeddwn i eisiau byw, yna mae'n debyg na fuaswn i eisiau ymadael. Doeddwn i ddim eisiau cael fy stampio, doeddwn i ddim eisiau clywed pobol yn dweud fy mod i'n debyg i Yncl Dic, doeddwn i ddim eisiau gorfod byw o dan yr un gronglwyd â'r hen bobol, doeddwn i ddim eisiau job jest er mwyn cael job, doeddwn i ddim eisiau gwneud 'run pethau ag yr oedd pawb arall yn eu gwneud, doeddwn i ddim eisiau mynd i'r un pyb bob nos, doeddwn i ddim eisiau rhedeg ar ôl yr un merchaid o hyd ac o hyd ac o hyd, doeddwn i ddim eisiau mynd i'r Cop a chael fy holi a'm stilio gan y merchaid a oedd y tu ôl i'r cowntar, doeddwn i ddim eisiau gorfod mynd i'r capal na chymryd rhan mewn blydi cystadleuaeth, doeddwn i ddim eisiau gorfod yfed efo Banjo, Milc Shêc a Buwch, drwy'r amser. Roeddwn i eisiau cyfarfod pobol eraill a gwneud pethau diddorol, doeddwn i ddim eisiau. /. Roeddwn i eisiau bywyd efo B fawr,

Mi ffoniais i Sei er mwyn cael dweud y newydd wrtho fo, ac roedd o, yn wahanol iawn i Banjo, yn rhannu fy nghyffro ac yn edrych ymlaen yn arw at gael dŵad i'r parti roedden ni am ei gynnal i fyny staer yn y Chwain ar y nos Iau. Gan fy mod i wedi penderfynu ar ddyddiad, sef dydd Sadwrn yr 22ain o Hydref, roeddwn i wedi trefnu'r parti ychydig ddiwrnodiau cyn hynny, er mwyn gwneud yn siŵr na fyddwn i'n dioddef gormod ar y bore arbennig Yn fy mhrysurdeb, roeddwn i wedi anghofio pop-eth am Yncl Dic, druan, ac mi es i'w weld o ar y prynhawn dydd Iau er mwyn ei wahodd o i'r parti y noson honno. Roedd o wrthi'n sgwennu wrth y bwrdd, ond mi gaeodd o'r llyfr mawr yn glep pan gerddais i i mewn drwy'r drws. Roedd hi'n brynhawn braf, ac roedd yr haul yn llenwi'r stafell ddiddorol. Roedd yna ryw hedd yn nhŷ Yncl Dic bob amser, ac wn i ddim prun ai fo neu'r holl dacla oedd ganddo fo yno, oedd yn creu yr awyrgylch hwnnw. Mi ddechreuodd o wenu pan welodd o fi:

'O, wt ti'n dal efo ni, 'lly?'

'Yndw, sori Yncl Dic, dwi 'di bod yn brysur uffer-nol, ma 'na waith trefnu ddiawledig.'

'Oes. Dwi'n dalld yn iawn, washi. Wt ti'n edrach ymlaen?'

'Yndw ma'n debyg.'

'Wt ti'm yn swnio'n rhyw siŵr iawn.'

'Ma pawb yn glên efo fi rŵan am bo fi'n mynd i ffwrdd, ac ma'r hen le 'ma ar 'i ora amsar yma o'r flwyddyn.'

'Hm, peth peryg. Weithia, pan ma' gen ti lond plât o fwyd o dy flaen, mi rwyt ti wedi cal llond bol wedi i ti fwyta ei hannar o, ond ma 'na rwbath yn deud wrtha chdi ei bod hi'n biti ei adal o, a fynta mor neis, ac mi rwyt ti'n ei fwyta fo ac yn gneud dy hun yn sâl. Na, cym ofal bob amsar efo peth felna. Ma'r hen le 'ma a'i drigolion yn dwyllodrus uffernol, wsdi.'

'Sud ydach chi wedi medru ei sticio hi yma mor hir?'

'Dwi'm 'di bod yma mor hir â hynny, dwi 'di treulio mwy o amsar i ffwrdd nag ydw i wedi'i dreulio yn fan hyn. Pan adewais i'r môr, mi gliciodd 'na rwbath y tu mewn i 'mhen i, weldi. Ro'n i wedi gweld y byd, wedi cal amsar da, wedi mwynhau'n hun yn iawn, ond fedri di ddim byw y math yna o fywyd ar hyd dy oes. Meddwl dŵad yn ôl i gal rhyw sbelan fach wnes i, ond mi rydw i yma byth, ac yma bydda i bellach. Dwi'n gwbod fod 'na bobol yn fan hyn sy' yn fy erbyn i'n ddiawledig. Wt ti'n gwybod pam 'u bod nhw yn fy erbyn i? Achos mod i'n mynd o dan 'u croen nhw, weldi. Fedran nhw ddim fy niodda i am fy mod i'n wahanol, am fy mod i'n annibynnol. Dwi'n gwybod eu bod nhw'n lladd arna i, dwi wedi cal fy riportio i bobol y dôl laweroedd o weithia am neud jobsys ar y slei a dwi'n gwybod pwy ddaru fy riportio i—dynion, dynion oedd wedi cal llond bol ar fynd i'w gwaith bob dydd, dynion oedd wedi cal llond bol ar eu gwragadd, dynion oedd wedi blino ar gal cil-dwrn o'r pacad pae bob nos Wenar, dynion di-asgwrn-cefn. Does ganddyn nhw ddim digon o gỳts i losgi'r pontydd bach y ma nhw wedi eu creu ar hyd eu hoes—cachwrs, bob un wan jac ohonyn nhw. Roedd y plisman yn arfar galw yma rownd-y-rîl ers talwm; bob tro 'roedd yna rwbath wedi cal 'i ddwyn, roedd pobol yn mynd ato fo ac yn deud mai fi oedd wedi bod wrthi. Doeddan nhw ddim yn dallt sut roeddwn i'n medru byw 'run fath ag yr ydw i, heb ennill cyflog, weldi, ha ha ha, ha ha ha ha. Ma nhw wedi methu troi 'nhrwyn i, doedd ganddyn nhw ddim tshans beth bynnag, dwi'n gry, weldi,— "Tra gallaf, rhodiaf fy rhych". Twm o'r Nant ddudodd hynna, ac roedd o'n llygad i le. Mi rwyt ti mewn sefyllfa wahanol, dwyt ti ddim wedi cal cyfla i fod yn annibynnol, ma' pobol yn meddwl eu bod nhw'n gwybod pob dim amdana chdi, ma' nhw wedi rhoi barn arna chdi, a dyna pam ei bod hi'n bwysig i chdi fynd i ffwrdd, weldi—ma'r amsar wedi dŵad i roi cic yn eu tina nhw i gyd. Tyd, ma' rhaid i ni ddathlu, gwin bloda sgawan llynadd dwi'n meddwl. . . '

Mi aeth Yncl Dic i'r cwt i nôl y gwin, dan ganu. Tybed o ble y daeth y dyn rhyfedd yma? Duw a ŵyr, ond doedd yna neb tebyg iddo fo, roedd hynny'n sâff. Mi agorodd o'r botel, rhoi un o'i hen recordiau ymlaen, a throi'r sŵn i fyny'n uchel.

'Iechyd da, washi, iechyd da i bob Cymro, twll tin pob Sais, iechyd da i'r dyfodol.'

'Dan ni'n cal parti bach i fyny staer yn y Chwain heno, ddowch chi draw?'

'Wel dof, siŵr Dduw. Faswn i ddim yn colli peth felna am bris yn y byd—ma'n rhaid i chdi gal send-off go-lew,'

'Dudwch wrth Dei Domino a Huwsyn yfyd, mi faswn i'n licio eu gweld nhw cyn i mi fynd.'

'Wel gwnaf, gwnaf siŵr iawn, mi fyddan nhw wrth eu bodda. Cofia rŵan, os cei di lond bol yn y Caerdydd 'na, a chditha ddim isho mynd yn ôl at dy fam a dy dad, ma 'na groeso i chdi aros yn fan hyn.'

'Diolch, Yncl Dic.'

'Galwa fi'n Dic, washi.'

'Diolch, Dic.'

Mi ddechreuodd o chwerthin dros bob man wrth iddo fo gerdded draw at y ffenast efo gwydr yn ei law a ffag yn hongian ar ei wefusau. Roedd yna olwg ddigon hiraethus yn ei lygaid o wrth iddo fo edrych allan draw dros y caeau.

'Ia, Caerdydd, hm, mi fues i yno droeon, wsdi, lle da i ddocio, Tiger Bay, ha ha ha, Iesu, roedd 'na le yno ers talwm, lle da, diawl o le. . . '

Mi fuon ni'n yfed ac yn malu cachu am oriau. Roedd Yncl Dic mewn hwyliau yfed, ond roeddwn i wedi dechrau ei dal hi pan ddaru o agor y drydedd botel. Mi es i'r bath ar ôl mynd adre, er mwyn sobri rhyw ychydig, a chadw'n glir oddi wrth yr hen bobol. Roedd yr hen ddynas yn dal i rannu ei chynghorion, ond roedd yr hen ddyn yn dawedog iawn.

Does gen i fawr o gof am y parti. Roedd yr hogia wedi bod yn rhoi Vodka yn fy nghwrw, ac roeddwn i'n chwil ulw erbyn naw o'r gloch. Dwi'n cofio i Sei ddweud ei fod o'n chwilio am waith ar ffarm yn Awstralia, a dwi'n cofio Yncl Dic yn rhoi llyfr yn anrheg i mi—*The Autobiography of a Super-Tramp* gan W.H.Davies. Wedi i Yncl Dic roi'r llyfr i mi, mi aeth Dei Domino i'w boced a rhoi ei gopi personol o *Cerddi William Oerddwr* i mi. Doedd gan Huwsyn, druan, ddim byd i'w roi, ond mi dynnodd o ei gap i ffwrdd, a mynd rownd y Chwain i wneud casgliad. Roedd genna i dros ugain punt ym mhoced fy nghôt y bore wedyn. Dwi'n cofio sefyll ar ben y bwrdd ac adrodd 'Yng nghesail y moelydd unig. . . ',ac mae gen i ryw gof o fod yn gorwedd yng nghefn fan Joci

Bach; chwarae teg iddo fo, mae'n rhaid ei fod o wedi rhoi pàs i mi i dŷ Yncl Dic, oherwydd yn y fan honno y deffroais i fore dydd Gwener. Mae'n rhaid eu bod nhw wedi penderfynu fy mod i'n rhy chwil i fynd adre. Mi fuaswn i wedi bod yn fodlon i roi'r byd am gael bod yn sobor y noson honno, ond doeddwn i ddim, a dyna fo.

Chysgais i fawr ddim ar y nos Wener—roeddwn i wedi cynhyrfu gormod. Wedi bwyta llond bol o frecwast da bore dydd Sadwrn, mi es i i siop Gruff i nôl papur newydd a sigaréts. Roedd Alcwyn Ffansi Pans yno'n prynu potelaid o afftyr-shêf, yn ei siwt las-olau a'i sgidiau dal adar, ac medda fo wrtha i yn ei lais merchetaidd:
'O'n i'n clywad bo chdi'n mynd i ffwrdd hiddiw.'
'Yndw.'
'I ble wt ti'n mynd, i Caerdydd ia?'
'Ia.'
'W, damia, ma'r lle yn llawn o flacs, meddan nhw, ych-a-fi, hen betha mawr, cyhyrog, hwda. . .'
Mi aeth o i'w waled, a stwffio papur pum punt ym mhoced fy nghôt, ond codi ddaru Gruff, am y papur newydd a'r sigaréts. Roedd hi'n fore niwlog, ac roedd hi'n piso bwrw glaw mynydd. Roeddwn i wedi hel fy mhethau i gyd y noson cynt—dillad, sach-gysgu, ambell i lyfr a rhyw ychydig o bapurau, ac wedi eu rhoi nhw mewn hafyr-sac a sach blastig. Mi aeth yr hen bobol â fi i lawr at y ffordd groes i ddisgwyl am y bỳs. Ddywedwyd 'run gair tan ddaru hwnnw ymddangos allan o'r niwl. Roedd y ddau ohonyn nhw'n amlwg yn drist, ond roedd hi'n rhy hwyr. Mi roddodd Mam sws i mi ar fy ngwefusau, ac mi ddywedodd yr hen ddyn 'Da boch di, sbybun, cym ofal.'

Doedd yna ddim i'w weld drwy'r ffenestri, dim ond caddug. Mi agorais i'r llyfr roeddwn i wedi ei gael yn anrheg gan Yncl Dic. Ar y ddalen flaen, roedd o wedi sgwennu:

> I Bleddyn ar ddechrau ei drafaelu. Paid â cholli'r cyfle i wneud ffrindiau, oherwydd y rheini sydd yn cynnal dyn.

> *A fo eang ei fywyd,*
> *Nid yw gwaeth, ond da i gyd.*

> —Edmwnd Prys.

> Yn onest,
> Richard Williams.

Roeddwn i'n rhydd o'r diwedd, yn RHYDD, yn RHYDD, yn RHYDD.

Hefyd gan Twm Miall

Mae Bleddyn wedi cefnu ar ei hen griw o ffrindiau ac wedi ymuno â'r Cyw Dôl yng Nghaerdydd. Rhyddid personol oedd ei freuddwyd, ond mae'n fain ac unig arno yn y ddinas fawr…

978 0 86243 229 4

£6.95

Am wybodaeth lawn am nofelau cyfoes
a holl lyfrau'r Lolfa, hwyliwch i mewn i'n
gwefan

www.ylolfa.com

lle gallwch chwilio ac archebu ar-lein.

TALYBONT CEREDIGION CYMRU SY24 5HE
ebost ylolfa@ylolfa.com
gwefan www.ylolfa.com
ffôn 01970 832 304
ffacs 832 782